AF585913

Recto verso

Recto-verso

Elysée Jérémie AZEFACK

Recto verso

Recto-verso

Du même auteur :

Le législateur, le mariage, les droits de la femme et de la famille au Cameroun, Harmattan 2011.

Une publication du Centre d'innovation et d'excellence audiovisuelle et cinématographique.

Tél : (237) 674 27 88 27

ISBN : 978 9956 28 757 4

Remerciements

Ce texte doit beaucoup à plusieurs personnes qui, de près ou de loin, lui ont apporté quelques saveurs. Nous demandons à tous de recevoir à travers ces lignes l'expression de notre profonde gratitude.

Recto-verso

« Hier n'existe plus. Demain ne viendra peut-être jamais. Il n'y a que le miracle du moment présent. Savoure-le. C'est un cadeau. »

Marie STILKIND

1.

Le coq avait chanté. La lune avait accroché son globe blanc laiteux dans un coin du ciel. Les étoiles s'étaient enfouies. Les oiseaux s'étaient éveillés. Dans la forêt, les animaux avaient salué le lever du soleil qui, lumineux, rouge vif, majestueux, dictait à présent sa loi. Les travailleurs étaient sortis. Chacun était à sa tâche.

Lucie passa un coup de chiffon bien que les bancs fussent déjà nettoyés et s'assit. Le jour-j était arrivé, l'heure-h aussi. Qu'allait-il se passer ? Elle attendait voir. La salle avait fait le plein. La famille était venue, le public était au rendez-vous. Ici et là, les avocats tenaient les derniers entretiens. Quelques instants plus tard, le juge entra et les débats furent engagés. Des minutes après, le verdict tombait :

« Affaire ministère public et monsieur SOULE Oumarou contre monsieur SOUFFO Vincent. Le tribunal, statuant publiquement et contradictoirement à l'égard des parties, sur les faits d'accusation de meurtre déclare monsieur SOUFFO Vincent coupable des faits qui lui sont reprochés. Conformément aux dispositions de l'article 275 du code pénal, il le condamne par conséquent à la condamnation à vie. L'audience est levée. »

Recto-verso

Le juge venait ainsi de confirmer la décision rendue en instance. La déception se lisait sur les visages. Une réduction de peine aurait fait l'affaire mais, les choses avaient refusé de se présenter ainsi.

2.

La vapeur s'échappait d'une marmite à la cuisine. La flamme bleue entretenue par la bouteille de gaz distillait de la chaleur pendant qu'au salon, Canal 2 international balançait les informations du jour. Laure était allongée dans le canapé. Elle ne dormait pas. Elle n'entendait rien non plus. Elle était ailleurs. Yves avait frappé deux fois, la seconde fois plus fort pour qu'un « oui » retentissant se fit entendre. Quelques instants plus tard, la porte s'ouvrit.

Yves entra. Laure n'osait pas se lever. Il eut pitié d'elle et s'assit pour la réconforter. Il la réconforta autant qu'il put et, trouvant enfin des forces, elle s'assit. Paul était là également. Il était venu avec son ami, réconforter la sœur du prisonnier. Ils retournèrent le sujet dans tous les sens lorsque Yves avança :

« Qu'est-ce que vous prévoyez actuellement ? »

Laure resta calme un long moment avant de répondre.

« A notre place tu ferais quoi ? »

Yves ne répondit pas. Qu'aurait-il vraiment fait s'il avait été à leur place ? Il n'en savait rien. Il avait remué les méninges autant qu'il put sans rien obtenir. Ils se regardèrent un instant. Chacun voulait dire quelque chose. Quoi donc ?

Recto-verso

« Je suis dépassée Yves. Je ne sais plus quoi faire », avait dit Laure, abattue.

Yves ne dit rien, se contentant de soupirer. Qu'est-ce qu'il pouvait bien dire ? Toutes les initiatives avaient échoué. Les avocats avaient abandonné. La décision était rendue, le sort était scellé. Vincent allait passer le restant de ses jours en prison. A y penser, Laure essuya une larme.

3.

Paul avait retrouvé son ami sur la terrasse. Les pieds sur la table, le dos contre le mur, Yves se laissait emporter par la musique distillée par le casque. Paul dû le bousculer pour qu'il se rende compte de sa présence.

« Ça va ? Lui avait-il demandé.

- Ça va. Et toi.
- Rien de neuf. On se bat.
- Ça s'est passé comment avec ton homme ? »

Yves était au courant de l'arrivée de Paul. Ce dernier l'avait appelé il y avait quelques minutes pour lui demander s'il était à la maison. Il lui avait répondu qu'il n'était pas sorti ce jour et Paul s'était empressé de le retrouver.

Depuis la condamnation de Vincent, les choses n'allaient pas bien chez les siens. La dépression s'était saisie de tous. L'état dans lequel Paul et Yves avaient laissé Laure lors de leur dernière visite ne laissait pas indifférent. Paul, qui jusque-là ne s'était intéressé à l'affaire que de manière superficielle décida de lui accorder un peu d'attention.

« Qu'est-ce que Vincent vous dit exactement ?

- Je ne comprends pas.

- Ce dont on l'accuse, qu'est-ce qu'il dit à propos ?
- Il jure qu'il ne l'a pas fait.
- Tu le crois ?
- Je connais Vincent. C'est un vieil ami. Je suis convaincu qu'il est innocent. Pourquoi ?
- Je connais quelqu'un qui peut vous aider. »

Yves sourit en entendant cela. Paul n'était pas le premier à lui avancer ces propos. Toutes les personnes qui leur avaient dit cela jusqu'ici les avaient menés en bateau. Et voilà que lui aussi se présentait avec son « je connais quelqu'un qui peut vous aider ». Il n'avait qu'à aller se faire voir ailleurs. Paul avait compris sa réaction et l'avait rassuré.

« Si ce monsieur ne peut pas s'occuper de vous il vous le dira. Vous n'aurez qu'à lui donner le quitus si jamais. »

Yves ne dit rien.

« Je vais le rencontrer et je te rends compte. »

Yves resta bouche-b. Paul parlait avec assurance. Il savait donc où est-ce qu'il mettait les pieds. Il savait également ce que les uns et les autres avaient enduré ces derniers temps. S'il décidait de s'investir dans cette entreprise c'est qu'elle pouvait produire quelque chose. Yves ne l'en avait pas empêché, tant que cela pouvait leur permettre de sourire. Les deux s'étaient quittés et aujourd'hui, Paul revenait et Yves l'espérait avec quelque chose.

« Vous devez le rencontrer. Je lui ai tout expliqué. »

Yves fut heureux de l'entendre et espéra que les autres allaient le suivre.

Paul venait de proposer une issue. Yves était prêt à partir. Il fallait convaincre les autres. C'était difficile. D'autant plus difficile que ces derniers temps la famille avait dépensé énormément mais en vain.

« Détective privé ! S'exclama Lucie avant de repartir. Le juge a rendu sa décision. C'est fini.

- C'est vrai mais si on a une possibilité pourquoi ne pas l'exploiter ?
- L'autre problème c'est qu'on n'a plus d'argent. Si votre détective demande une fortune comme les autres, ça ne va pas le faire, avait dit Laure.
- Il ne s'agit pas d'une histoire d'argent les filles. Confiez-vous simplement à cet homme et il fera le reste.
- On ne perd rien à le rencontrer !
- Ok. Allons-y.
- Allons-y Lucie. On ne perd rien à le faire.
- D'accord. Tant que ça peut nous aider. »

Lucie venait ainsi de donner son quitus. Elle avait passé des moments difficiles ces derniers temps et bien que cette nouvelle initiative ne lui disait pas grande chose, elle n'était pas prête à lâcher pour « sortir son mari de là » comme elle le disait très souvent. Yves n'avait plus qu'à s'y mettre en croisant les doigts pour qu'on ait quelque chose. Lui et Paul avaient rencontré Gérard. Il les avait écoutés. Quelques questions lui avaient suffi. Il avait demandé à parler à Vincent. Lucie l'avait accompagné à la prison centrale. Nina était de l'excursion. Elle était belle comme sa mère. Ses yeux noirs épousaient la couleur de ses cheveux. Ses joues bouffies, son menton arrondi et ses lèvres gracieuses étaient en accord avec son visage rond. Son regard doux venait se greffer à sa physionomie sympathique. Elle était le portrait craché de Vincent. Gérard l'avait remarqué. Il pensa et on le lui avouera plus tard qu'elle était la fille de l'autre. Les deux hommes s'étaient entretenus. Vincent avait raconté avec autant de précisions que son interlocuteur lui demandait, ce qui s'était passé ce jour. Il s'apprêtait à démarrer et à quitter les lieux lorsque deux jambes attirèrent son attention. Il se rapprocha et découvrit un individu baignant dans une mare de sang. Il avait reçu un coup de poignard. Vincent s'était penché et lui avait posé la main sur le coup. Il ne sentit pas son pouls et en conclut que l'homme n'était plus en vie. Que fallait-il faire ? Il y était lorsqu'un couple avait fait irruption dans le parking. La dame avait crié en voyant autant de sang, faisant ainsi sortir les uns et les autres de leurs réserves. Vincent avait essayé autant qu'il put de leur expliquer pourquoi il se retrouvait là. Il ne réussit pas à convaincre les inspecteurs. Gérard l'avait écouté attentivement avant de repartir.

« Une dernière question : avez-vous tué cet homme ? Avait-il demandé en regardant Vincent droit dans les yeux.

- Non. Lui avait répondu son interlocuteur avec assurance.
- Je vais m'occuper de votre affaire. Lui avait-il répondu. On va sortir de l'ombre ceux qui essaient de vous mettre dos au mur. Mais si jamais, je me rends compte que vous vous moquez de moi, je vous fais la promesse que je ferai tout pour que les jours qui vous restent soient les plus désagréables possible.
- Je vous ai dit la vérité, avait dit Vincent. »

Gérard se leva et quitta la prison en promettant une seule chose à ses clients : « je vous contacterai. »

4.

Gérard avait commencé par retourner sur la scène de crime. Il l'avait passé au peigne fin. Il avait observé minutieusement : l'entrée de la salle, la position des lampes, les poteaux, les murs, le sol, les caméras, ... il était allé, il était revenu, il s'était arrêté, il s'était retourné, observant sur toutes ses positions avec le maximum de concentration. Il s'apprêtait à quitter les lieux lorsqu'un objet attira son attention. Il s'approcha du poteau et observa. Ne s'agissait-il pas d'une caméra de surveillance ? Si, c'en était une, en plus petit. Il observa le champ de couverture de l'appareil. Contrairement aux autres caméras, elle couvrait exactement le lieu où le crime s'était produit. Depuis combien de temps était-elle là ? Est-ce que l'appareil était en bon état ? Si oui, tout avait été filmé ! Et si tout avait été filmé, c'est qu'il y avait des images quelque part ! Où donc ?

Gérard s'était rapproché de Sylvestre. C'était un ami de longue date qui officiait depuis un bon bout dans cette structure. C'était un agent de sécurité. Quoi qu'il en soit, il devait être au courant de tous les systèmes de la maison. Sylvestre n'était pas en service ce jour mais il lui avait confirmé que toutes les caméras étaient en marche et que toutes les personnes qui entraient et sortaient d'ici étaient fichées. En ce qui concernait les images du crime, la petite caméra ne les avait pas eues simplement parce qu'elle était en panne ce jour. On l'avait aussitôt réparé et elle entrait de nouveau en fonction quelques jours seulement après. L'endroit était visité et, étant donné ce qui s'y était passé il y avait quelques temps, aucune faille dans le système de sécurité n'était permise. Sylvestre débitait les informations. Gérard écoutait. Une bonne quantité de questions lui traversait déjà l'esprit.

« Quand est-ce que cette affaire a eu lieu ?

- Je ne me souviens plus.
- Tu étais en service le jour d'avant ?
- Oui.
- Cette caméra était-elle en marche ?
- Elle était en marche. Tous les écrans devant moi signalaient. »

Sur ce, Gérard garda le silence. Sylvestre ne dit rien non plus. Les deux hommes se contentèrent de s'observer. Du regard, Gérard voulait faire deviner à son interlocuteur ce à quoi il pensait. Sylvestre ne comprit pas.

« Qu'est-ce que tu penses de cette situation ?

- Je ne comprends pas.
- Et si cette caméra avait filmé et que certains parmi vous en avaient caché les images.
- Je ne pense pas.
- Pourquoi ? »

Sylvestre ne répondit pas. Il resta pensif. Gérard repartit.

« Ceux qui ont dépanné cet appareil vous ont dit qu'il souffrait de quoi ? »

L'autre ne répondait toujours pas.

« Cet appareil n'était pas en panne. Quelqu'un parmi vous sait ce qui se passe. Tu ne te souviens pas de qui assurait la garde ce jour ? »

Justin était un collègue de Sylvestre. C'est lui qui assurait la garde ce jour. Sylvestre ne le croyait pas capable d'une telle manipulation. Mais devant les faits, il y avait de quoi revoir son jugement. L'appareil n'était pas en panne la veille. Que lui était-il arrivé ce jour ? Et s'il avait fait les images, Justin devait en savoir quelque chose ! C'était embêtant. Sylvestre ne comprenait rien. Et Justin ? C'était quoi son rôle dans cette affaire ? Pourquoi avait-il fait disparaître les images ? Etait-ce vraiment lui ? Sinon, qui donc ? C'est lui qui assurait la garde. Il devait en savoir quelque chose d'autant plus que, Sylvestre s'en rendait compte maintenant, « il avait beaucoup changé ces derniers temps ».

5.

Justin rangea les boites de conserve et referma le réfrigérateur. Il se dirigea vers la cuisine et y déposa le couvert. Il passa un coup de chiffon, sortit et retrouva Olivia qui finissait ses biscuits au salon. Il avala une gorgée de vin et s'allongea. Olivia le rejoignit. Il prit la télécommande et se mit à zapper. Il s'était à peine arrêter qu'on frappa à la porte. Il baissa le volume et resta calme un instant. On frappa à nouveau. « Papa on frappe à la porte », lui dit Olivia. Justin se leva et ouvrit :

« Bonsoir monsieur.

- Merci monsieur. Bonsoir.
- Excusez-moi de vous déranger.
- Je vous en prie. Que puis-je faire pour vous ?
- Je suis Gérard AMIN. J'aimerais m'entretenir avec vous.
- A quel sujet ?
- Au sujet du meurtre dans votre entreprise.
- Je me suis juré de ne plus me prononcer sur cette affaire. J'ai répondu à trop de questions jusqu'ici. Je suis désolé. Je ne peux rien faire pour vous. »

Justin s'engagea à fermer lorsque Gérard repartit :

« Où sont les images de la petite caméra ?

- Quoi ?
- Les images de la caméra 3. Où sont-elles ?
- Bonne soirée monsieur. »

Justin ferma.

Justin resta calme et pensif un bon bout de temps. En l'espace de quelques minutes, une bonne dose de « je ne sais quoi » lui traversa l'esprit. C'était qui cet homme ? D'où sortait-il cette histoire d'images et comment l'avait-il su ? Justin se dirigea vers la chambre, baissa les vitres et regarda à l'extérieur. Gérard n'était plus là.

Gérard était parti. Il n'avait pas insisté et n'entendait pas lâcher. Il était d'autant plus décidé qu'il était sur la piste la plus intéressante. Ceci était une première tentative et il entendait rencontrer de nouveau son homme le plus tôt possible.

Justin avait réfléchi une et mille fois sans rien trouver. Il avait pensé à parler de son invité à ses collègues. A qui allait-il donc se confier ? C'était difficile. Il avait pris le parti de garder le silence en attendant de voir ce que l'avenir lui réservait.

Gérard était revenu. Justin était là. Il lui avait fermé la porte la dernière fois mais aujourd'hui il était prêt à l'accueillir les bras ouverts. Il était temps qu'il parle de cette affaire et qu'il la règle une fois pour toute. Gérard s'était assis.

« Je vous offre un verre ?

- Je veux bien.

- A boire s'il vous plait.
- Vous avez un joli bracelet.
- Merci. Beaucoup de gens l'apprécient. Je ne sais pas ce qu'il a de spécial.
- C'est qu'il est beau tout simplement.
- Si vous le dites. A votre santé.
- A la vôtre. »

Nos deux hommes avaient avalé quelques gorgées d'alcool sans se dire un mot avant de repartir mais cette fois-là, pour le sujet du jour.

« Je suis venu chercher mes images.

- Quelles images ?
- Celles de l'assassinat.
- Qui vous a dit que je les ai ?
- J'ai eu accès à vos archives.
- Comment ?
- Je sais que cette caméra a été en panne. Je sais également qu'elle a été en service avant cette soirée. Vous étiez de garde. Malheureusement on ne retrouve pas les images de cette nuit. Où sont-elles ?
- Désolé je ne peux rien vous dire.
- Vous avez une belle petite fille. Vous passez de bons moments en sa compagnie. Ce monsieur aimerait également passer de bons moments avec sa fille. Faites quelque chose pour cet homme. Vous êtes un grand espoir pour lui pour ne pas dire le dernier. Vous êtes son last man standing[1].
- Cette affaire n'est pas aussi simple que ça. Je vous conseille de laisser tomber.

---

[1] Dernier homme debout (dernier espoir).

- Merci pour votre conseil mais je suis en train de faire mon boulot. J'ai besoin de ces images. Tachez de me les fournir. »

Gérard avait payé la note et s'en était allé. Il avait quitté Justin sur un ton ferme. De quoi lui faire comprendre que les négociations étaient terminées et que le moment était venu pour lui d'obtenir ce qu'il voulait. Justin avait intérêt à se délier la langue. Il avait réfléchi à sa conversation avec Gérard et avait fini par comprendre que pour le bien de l'humanité il fallait parler.

6.

« 1, 2, 3. C'est parti. Passage s'il vous plaît. Passage. Passage. »

Les sapeurs-pompiers transportaient la dépouille de Justin vers la fourgonnette qui attendait à l'extérieur. Elle devait directement être conduite vers le cimetière pour inhumation immédiate. Le corps était en état de décomposition avancée et il ne fallait pas attendre plus longtemps. Cela faisait deux jours que Justin avait rendu l'âme. La petite Olivia était retournée chez sa mère. Justin vivait seul. Les odeurs avaient attiré l'attention des voisins et ils avaient alerté les pompiers. Maintenant que le véhicule quittait les lieux, une seule question était sur toutes les lèvres : que s'était-il passé ? Personne ne comprenait rien. Les journalistes étaient arrivés. Il y avait de quoi. Ce n'était pas un fait ordinaire.

Gérard parcourait ses mails en suivant le fait du jour lorsque la journaliste prononça le nom d'un certain Justin BOMOGO. Il ne s'arrêta pas de lire le mail en cours lorsqu'il lui vint à l'esprit qu'il avait entendu un nom familier. Il se retourna vers le poste récepteur et lui accorda désormais toute son attention. La journaliste continua sans plus prononcer de nom. Gérard était sûr d'avoir bien entendu. Il prit tout de suite le téléphone et appela Sylvestre qui lui dit sur un ton déprimé que son collègue n'était vraiment plus. Gérard avait raccroché. C'était difficile ce qu'on venait de lui annoncer. Il venait de perdre tout ce qu'il avait comme piste dans cette affaire. Qu'est-ce que ceci voulait dire ? Pourquoi avait-il perdu du temps ? Qu'allait-il faire maintenant ? Gérard s'était pris la tête dans les mains.

Les obsèques officielles de Justin eurent lieu la semaine d'après. Tout le monde était là : collègues, amis, connaissances, famille et bien sûr, Gérard. Il s'était invité et personne n'avait posé de question. C'était peut-être un ami !

Le prêtre avait dit la messe. Les cérémonies traditionnelles avaient suivi. Les témoignages avaient fusé de toute part, chacun se demandant ce qui s'était passé et pourquoi est-ce que ceci était arrivé à cet homme qui ne devait rien à personne. Le questionnement et l'étonnement se bousculaient. Gérard écoutait et observait. Le soleil s'était couché, le jour avait chuté, la nuit était tombée. Dans le ciel, la lune, si calme, si lumineuse, si souriante, resplendissait. Les cérémonies étaient terminées.

7.

Gérard avala l'escalier d'un pas rapide, longea la véranda et s'arrêta devant la porte. Il frappa. Quelques secondes plus tard, la porte s'ouvrit. Carole était là. Gérard l'avait salué poliment, s'était présenté et avait demandé un entretien. Carole avait hésité avant d'ouvrir à son visiteur. Gérard entra et s'installa. Carole lui proposa un verre. Il l'avait accepté. Elle avait servi et s'était assise, accordant désormais toute son attention à Gérard. Il lui avait donné sans tarder les raisons de cette visite matinale, lui expliquant que son mari faisait partie d'un engrenage et que sa mort était la volonté d'inconnus qui tenaient à garder secrètes certaines informations. Carole ne comprit rien à cette dernière déclaration. Elle connaissait très bien son ami et ce qu'elle venait d'entendre l'amusait plutôt. De quel type d'information pouvait-il s'agir et comment est-ce que Justin s'était retrouvé là ?

« C'était quoi cette information ?

- Je n'en sais rien.
- Comment ça ?
- Je sais qu'elle concernait un meurtre dans son lieu de service.
- Un meurtre ?
- Oui. »

Carole se souvenait très bien de cela. Justin lui-même lui en avait donné des détails. Elle resta calme un instant, réfléchissant.

« Et vous, qui êtes-vous ? Et c'est quoi votre rôle dans cette affaire ?

- Je suis là pour découvrir la vérité.
- Quelle vérité ?
- Je travaille en tant que détective privé. J'ai été engagé pour faire la lumière sur ce qui s'est passé à l'hôtel.
- Comment savez-vous qu'il était impliqué ?
- On me l'a dit.
- Qui ?
- Désolé. Je ne peux rien vous dire.
- Qu'est-ce que vous attendez de moi ?
- Que vous m'aidiez.
- Comment ?
- J'aimerai savoir s'il vous a dit quelque chose.
- Pourquoi est-ce que je vous donnerai ces informations si vous refusez de me donner les vôtres ?
- Je ne suis vraiment sûr de rien madame. Je suis sur des pistes. Je ne peux pas vous dire qui est impliqué et qui ne l'ai pas. Ce que vous me direz pourra peut-être nous aider. »

Carole s'accouda sur ses genoux, se prit la tête dans les mains et se mit à pleurer. Elle parlait de la mort de son ami comme s'il en était rien. Il n'était plus là. Ils avaient des projets pourtant. Les choses avaient été si difficiles pour eux. Ils s'étaient séparés, s'étaient remis ensemble, s'étaient séparés à nouveau et étaient sur le point de repartir. Ils s'étaient promis de ne plus se disputer. Ils allaient se marier et allaient vivre leur vie loin des on-dit avec leur petite fille. C'était quoi cet acharnement ? Pourquoi est-ce que la vie lui en voulait tant ? Gérard ne dit rien. Que pouvait-il dire ?

Carole s'arrêta de pleurer, s'essuya le visage de ses paumes de main et leva la tête.

« Je suis désolé madame », lui avait dit Gérard.

Gérard et Carole avaient passé la maison au peigne fin. Ils avaient fouillé, tourné et retourné des heures durant sans rien trouver. Tout ce qu'ils avaient remarqué figurait en noir et blanc sur le rapport de police. Il y avait entre autres, la disparition d'un ordinateur et du téléphone portable de la victime. Tout le reste était sur place. Sur un meuble, une photo avait attiré l'attention de Carole dès son arrivée. Elle s'était retournée une fois de plus pour la regarder. Justin y tenait leur petite fille dans ses bras et ils étaient tout sourire.

« Très belle photo. Lui dit Gérard.

- C'était au zoo. Sa première sortie avec son père.
- En tout cas ils ont passé une superbe journée.
- Oui, ils sont heureux.
- Vous devez peut-être amener cette photo chez vous.

- J'en ai une dans mon téléphone. Son père me l'a envoyé le soir même.
- Vous ne vous voyiez pas jusque-là ?
- Si. Il est passé laisser la petite et il m'a fait voir les photos. Elles étaient dans son téléphone. Celle-là était belle et je lui ai demandé de me l'envoyer.
- Je peux voir ce téléphone ? »

Carole se souvint tout de suite d'un détail qui allait changer le cours des évènements. Le rapport de police signalait la disparition d'un téléphone. Ce n'était pas tout : Justin en avait deux. Un multimédia qu'il venait d'acheter et qu'il utilisait principalement pour les photos et les communications internet et un autre qu'il réservait à ses coups de fil. Si l'assassin avait pris les deux, c'est qu'il y avait une issue. Gérard et Carole se mirent à fouiller à nouveau. Il fallait trouver une facture récente de téléphone. Ils ne la trouvèrent pas. Gérard lui avait demandé si Justin n'avait pas de fournisseur unique, quelqu'un chez qui il se ravitaille en téléphone. Elle lui avait répondu que si et ils n'avaient pas tardé à s'y retrouver. Auguste fouilla dans les archives et ne tarda pas à trouver une copie de la facture qui portait le numéro de série du fameux appareil. Gérard appela aussitôt Nicaise. C'était une amie qui travaillait à la direction nationale de la sécurité. Il lui fit parvenir les indications qu'elle fit intégrer aussitôt. Quelques secondes plus tard, l'appareil était localisé, quelqu'un l'utilisait bel et bien.

Recto-verso

8.

Gaëlle ouvrit le sac à main, en sortit les clés et s'apprêtait à ouvrir lorsque qu'une main lui serra fortement la bouche. Derrière elle, un individu la tenait ferme contre lui. Il lui demanda d'ouvrir. Ce qu'il fit aussitôt. Ils entrèrent et il referma la porte derrière. Il lui plaça une arme sur la tempe et lui fit savoir que si elle poussait un cri ou qu'elle tentait quoi que ce soit il lui mettrait une balle dans la tête. Il lui avait demandé si elle l'avait bien compris. Elle se contenta de secouer la tête pour dire oui. Il la relâcha et lui demanda de s'asseoir. Gaëlle ne s'était pas fait prier. Elle priait le bon Dieu que cet inconnu prenne tout ce qu'il voulait et qu'il lui laisse la vie sauve. Elle avait pensé à un viol et elle s'était dit « Seigneur, pas ça ». Maintenant qu'un inconnu s'était invité chez elle et qu'il tenait une arme à la main et que tout pouvait basculer dans un sens comme dans l'autre, il ne lui manquait plus qu'à se remettre entre les mains du Tout puissant d'autant plus que, physiquement, ce devait un combat entre David et Goliath.

Gérard vida le sac à main de son contenu. Un téléphone en sortit. Gérard le prit et se retourna aussitôt vers Gaëlle.

« Comment avez-vous eu ce téléphone ? », lui avait-il demandé.

Elle lui répondit instantanément que c'est son copain qui le lui avait donné.

« Où est-il ?

- Il doit être chez lui.
- Où ?
- A Dakar.
- Appelez-le. Dites-lui que vous avez un souci et que vous devez le rencontrer de toute urgence. »

Gaëlle ne contesta pas. Elle appela. Raymond lui expliqua qu'il ne pouvait pas se libérer et qu'il fera tout pour être là dans deux heures. Gaëlle reporta ce qu'elle avait entendu à Gérard qui s'était contenté de répondre qu'elle avait intérêt à ce qu'il arrive. Nos deux amis étaient partis pour attendre. A l'extérieur, il pleuvait depuis un bon bout. Sur les toits, dans les rues, et partout dans la nature.

Gaëlle avait pris acte de la situation. Elle s'était allongée et attendait voir ce qui allait se passer. Gérard était là, impatient d'entendre frapper à la porte. On frappa. Gérard se leva et se mit en retrait.

« Ouvrez et faites-le entrer. »

Gaëlle ouvrit. Raymond entra.

« Qu'est-ce qui se passe ? »

Gaëlle regarda en direction de Gérard. Raymond se retourna pour voir ce qui attirait son attention. Il se retrouva nez à nez avec une arme sur la tête.

« Asseyez-vous. »

Raymond s'assit.

« Où avez-vous eu ce téléphone ? »

Raymond ne répondit pas. Il essayait de comprendre.

« Je ne vais pas me répéter toutes les fois où je vous pose une question. Pour la dernière fois, où avez-vous eu ce téléphone ?

- Je l'ai acheté.
- Où ?
- A un ami.
- Où est cet ami ?
- Je ne sais pas.
- Quoi ? »

Gérard ouvrit un sac, en sortit une corde qu'il remit à Gaëlle.

« Attachez-le. »

Gaëlle exécuta. Gérard sortit une pince et s'adressa une fois de plus à Raymond.

« Si vous ne dites pas ce que je veux savoir, je vais vous tailler les doigts les uns après les autres jusqu'à ce que vous les perdiez tous. Où est le monsieur qui vous a vendu ce téléphone ? »

Gaëlle se mit à pleurer, suppliant Raymond de répondre. C'était de plus en plus sérieux. Il fallait parler et Raymond l'avait compris. Gérard s'apprêtait à lui faire sauter un doigt lorsqu'il brisa le silence.

« En fait je ne l'ai pas acheté à un ami.

- Comment ça ?
- Nous étions dans un bar. Un monsieur vendait ce téléphone à un bon prix et j'ai sauté sur l'occasion.
- Vous voulez dire qu'avant ce jour vous n'aviez jamais rencontré celui qui vous a vendu ce téléphone ?
- Jamais.
- Vous ne savez pas d'où il venait, comment il s'appelait, rien du tout.
- Rien. On consommait. Il a sorti le téléphone, il a dit qu'il le vendait et je l'ai acheté.
- Vous n'avez rien remarqué ? Des affinités avec qui que ce soit ?
- Au cours de la soirée il s'est lié à la serveuse. Je ne sais pas s'ils sont en contact.
- Où se trouve ce bar ?
- A la deuxième avenue.
- Détachez-le. »

Gaëlle se mit à la tâche. Dès qu'elle eut finit, Gérard repartit :

« Debout. »

Raymond se leva et sortit, suivit de près par Gérard. Ils entrèrent dans une voiture et s'en allèrent sous le regard confus de Gaëlle.

Quelques minutes plus tard, ils étaient à New City Place. C'était le nom de la buvette. Ils entrèrent. Inès était là. Raymond s'approcha et la salua. Elle le reconnut et fut surprise de le voir.

« Qu'est-ce que tu fais là, lui avait-elle demandé ?

- Je suis venu prendre un verre ! On est dans une buvette je crois !
- Bien sûr !
- Ça fait un bail !
- Ouais.
- Tu as abandonné les amis !
- Non. C'est le temps qui nous manque »

Elle servit et la conversation repartit.

« Tellement occupé qu'on n'a pas quelques minutes à accorder aux amis ?

- Je me suis libéré aujourd'hui et je suis venu ! »

C'était lancé entre Raymond et Inès et plutôt bien. La conversation était fluide et amicale. Gérard qui avait observé de loin jusque-là s'était rapproché. Raymond ne manqua pas de procéder aux présentations :

« Je te présente Gérard. C'est un ami.

- Enchantée.
- Le plaisir est partagé madame. »

Nos trois amis parlèrent de tout et de rien. Inès qui faisait des va-et-vient dû, à la demande de Raymond lui passer son téléphone pour disait-il, faire un mail. C'était dans l'intention de fouiller dans ses images. Ce qu'il fit dès qu'elle se leva à l'entrée d'un client. Les photos de l'inconnu y étaient. Inès était en sa compagnie et les dates faisaient savoir que les photos étaient récentes. Ils étaient visiblement en couple. Raymond remit tout en place et Inès ne se douta de rien.

Quelques minutes plus tard, ils prirent congé de leur hôte. Raymond s'en alla et Gérard resta aux trousses d'Inès. Il resta dans la voiture jusqu'à ce qu'elle termine le service. Elle démarra et quitta le parking. Gérard la suivit.

9.

Albert se passa le peigne dans les cheveux une dernière fois en regardant le miroir. Il sortit la brosse à dents de sa bouche, y versa une quantité d'eau, se la rinça et versa le tout dans le lave-main. Il reprit le geste une seconde fois, rinça la brosse, la rangea et quitta les toilettes. Il jeta un coup d'œil au salon. Il entendait le téléviseur et voulait voir de qui il s'agissait. Il n'y parvint pas car, une ombre attira son attention. Un inconnu était là. De qui s'agissait-il ? Il ne le savait pas. Ils se contentèrent de s'observer un bout de temps, méfiants. Albert parla enfin :

« Qui êtes-vous ?

- Personne.
- Je vous signale que vous êtes dans un domicile privé.
- Je le sais.
- Partez de chez moi tout de suite sinon j'appelle la police.
- Je vous conseille de changer de ton immédiatement. Ce n'est pas parce que je ne vous ai pas encore fait un tube dans la tête que vous êtes maintenant en sécurité. Je veux des informations.
- Quelles informations ?
- Qu'est-ce que vous êtes allés chercher chez cet homme ? »

Gérard lui présenta une photo de Justin. Albert ne dit rien. Gérard repartit :

« Où vous me dites ce que je veux savoir où je vous descends. Et je finirai par obtenir ce que je veux. Si j'ai pu remonter jusqu'à vous, c'est que je peux retrouver les autres. Alors je vais poser la question une dernière fois : Qu'est-ce que vous êtes allés chercher chez cet homme ? »

Albert se sentit de plus en plus menacé. Il ne savait pas qui il avait en face de lui et comment est-ce qu'il s'était retrouvé là, avec une photo de Justin qu'il connaissait bien. C'était lourd de signification.

Gérard avait suivi Inès pendant des jours. Aujourd'hui, grâce à elle, il avait Albert en face de lui. Il savait qu'ici il obtiendrait tout ce qu'il fallait. Il n'avait pas l'intention de lâcher si son hôte ne lui disait rien.

Albert parla enfin :

« J'ai été contacté pour un travail. J'y suis allé et je l'ai fait.

- Justin est mort et vous avez emporté son ordinateur. Qu'est-ce qu'il y avait dans cette machine ?
- Je ne sais pas.
- Comment ça ?
- On ne m'a pas dit ce qu'il y avait à l'intérieur. On m'a juste demandé de la ramener.
- Qui ?
- Un certain NGUINI Alphonse.

- Comment l'avez-vous rencontré ?
- Par l'intermédiaire d'un ami.
- C'est qui cet ami ?
- Son chauffeur.
- Vous avez traité directement avec NGUINI Alphonse ?
- Oui.
- Où est l'ordinateur ?
- Je ne sais pas.
- Comment ça ?
- On m'a demandé de ramener la machine et je l'ai ramené. Je ne sais pas ce qu'elle est devenue.
- Qu'est-ce qu'il y avait dans cette machine ?
- Je vous ai dit que je n'en savais rien.
- Dites-moi tout ce que vous savez sur NGUINI Alphonse. »

Albert lui donna quelques détails. Ce n'était pas grand-chose mais, ça pouvait aider.

10.

Patrick avala à nouveau quelques gouttes de bière, posa à nouveau la bouteille et leva la tête vers l'écran juste en face. Les rencontres de la onzième journée du championnat anglais étaient à la une. Chelsea filait vers sa nième défaite. Ce n'était pas arrivé depuis des années et sa position au classement n'était pas enviable. Il s'agissait de la pire saison du club ces dix dernières années. Les supporters étaient en colère. L'équipe dirigeante du club ne comprenait rien. Le « Special one » était sur la sellette. Qu'est-ce qui arrivait à son équipe ? Lui qui, depuis quelques années, hissait au sommet du football mondial toutes les équipes dont il était le manager. Qu'allait-il arriver si une autre défaite se confirmait ? Patrick était occupé à consommer son match et ses aléas lorsqu'un inconnu le salua poliment et s'installa à sa table.

Gérard s'assit et regarda le match quelques minutes. Il plongea ensuite une main dans l'une des poches de sa veste et en sortit un magnétophone qu'il posa sur la table en appuyant sur la touche « Play ». Des voix se firent entendre. Il s'agissait de l'enregistrement de la conversation que Gérard avait eue avec Albert. Albert avait tout avoué sans s'apercevoir de quoi que ce soit. Il avait entre autres, cité le chauffeur d'Alphonse qui disait-il leur avait servi d'intermédiaire. Gérard n'avait pas eu du mal à le retrouver et, aujourd'hui, il était en face d'un acteur majeur de l'histoire. Patrick ne connaissait pas l'homme qu'il avait en face de lui. Lui par contre, le connaissait bien. L'enregistrement en disait long. Qui était-il ? Que lui voulait-il ? Il se le demandait lorsque Gérard parla :

« Vous êtes impliqués dans une affaire de meurtre. Vous avez servi d'intermédiaire à deux malfrats et vous serez accusés de complicité. Cela vous vaut de passer le restant de vos jours dans une prison. Et en ce qui me concerne, je veillerai à ce qu'il en soit ainsi. Alors je vais être clair : Ou vous me dites ce que je veux savoir, ou je déclenche la machine judiciaire et je m'assure que vous ne verrez plus jamais la trace d'un rayon du soleil. Vous allez peut-être essayer de protéger votre patron. Je vous signale qu'il est suffisamment puissant pour vivre en toute quiétude. Vous avez par conséquent intérêt à cheminer avec moi.

- Qu'est-ce que vous voulez ?
- Je veux savoir où se trouve l'ordinateur qui a été emporté de chez Justin.
- Il a été détruit.
- Ce n'est pas ce qu'Albert m'a dit. »

Gérard avait pris la peine de supprimer les parties de la conversation dans lesquelles Albert disait ne rien savoir de ce que l'ordinateur était devenu. Patrick ne pouvait par conséquent pas savoir ce qu'Albert avait dit à propos. De quoi le plonger davantage dans le doute.

« Où est cette machine ?

- Elle est chez moi.
- Chez vous ?
- Mon patron me l'a offerte. Mais il a fait enlever le disque. J'en ai mis un autre.
- Où est ce disque ?
- Il doit être dans son bureau.
- Comment ça il doit être ?
- Il est dans un tiroir dans son bureau.
- Vous allez m'apporter ce disque.
- Je ne peux pas.
- Pourquoi ?
- Il est le seul à avoir les clés de ce tiroir.
- Vous avez 48 heures pour me remettre ce disque. Procédez comme vous voulez. C'est votre problème. Si à l'échéance je n'ai pas ce que je vous demande vous savez ce qui vous attend. »

Gérard ramassa le magnétophone et quitta la pièce. Patrick appela aussitôt Albert et lui expliqua ce qui venait de se passer. Albert lui dit qu'il n'était au courant de rien et que la seule façon d'éviter les ennuis était de retrouver ce disque. Que fallait-il faire ? Les deux hommes se le demandaient.

Le week-end était terminé. Une nouvelle semaine commençait, avec ses contraintes : il fallait reprendre le travail. C'était stressant. Mais on avait choisi et il fallait honorer les obligations. Ce n'était en outre pas si mauvais de repartir.

Patrick avait eu sa petite idée par rapport à l'affaire. Albert avait apprécié le plan. Il fallait maintenant convaincre Flore. C'était délicat mais il fallait essayer.

« Tu es sûr qu'elle ne va pas nous exposer ?

- C'est ma collègue. Je la connais. Si je lui demande cela elle le fera. Même si elle ne le fait pas elle ne dira rien.
- Si tu le dis. »

Patrick et Albert avaient rencontré Flore qui avait accepté de les aider moyennant une forte somme d'argent. Elle était la secrétaire du patron et donc, la plus proche de lui pour lui soutirer les clés et fouiller dans les tiroirs. Ce qu'elle demandait comme argent n'était pas négligeable et les autres avaient essayé de négocier.

« C'est un énorme risque que je prends. Si vous ne payez pas, je ne peux pas vous aider. »

Albert avait puisé dans ses réserves pour régler le problème. Il fallait régler un autre détail.

« Et s'il se rend compte un jour que son disque n'est plus là, qu'est-ce que je fais ?

- On va te remettre un disque que tu vas déposer en remplacement. »

Tout était maintenant ficelé et il fallait juste passer à exécution.

D'habitude, lorsque son patron l'appelait, Patrick savait que c'était parti pour des heures de conduite et cela ne rendait pas fier. Aujourd'hui, il priait le ciel pour qu'il en soit ainsi. L'occasion ne tarda pas à se présenter. Alphonse le retrouva et les deux quittèrent le bureau. Flore se mit tout de suite au travail. Elle ouvrit les tiroirs et n'y trouva malheureusement rien. Elle passa le bureau au peigne fin, le tourna et le retourna sans y trouver la trace d'un disque. Elle remit les choses en place, déposa les clés, quitta le bureau et fit tout de suite un message à Patrick :

« Aucun disque ici. J'ai fouillé partout. Vous êtes sûrs qu'il était là ? »

Patrick ne répondit pas tout de suite. Lorsqu'il se retrouva seul, il appela aussitôt Flore qui lui dit une fois de plus qu'elle n'avait rien trouvé. Patrick appela aussitôt Gérard et lui fit savoir ce qui se passait. Il jura qu'il avait fait ce qu'il pouvait et qu'actuellement, il ne savait vraiment pas ce que ce disque était devenu. Gérard avait raccroché sans rien dire.

Patrick resta anxieux toute la journée, se demandant ce qui l'attendait désormais. Qu'est-ce que Gérard allait faire ? Flore avait remarqué la gêne de son collègue et s'était engagée à lui parler.

« C'est quoi cette histoire de disque ? Qu'est-ce qu'il y avait à l'intérieur ?

- Je ne sais pas.
- Comment ça ?
- On m'a juste demandé de le récupérer.
- On ?

- J'ai été contacté par quelqu'un. Il parait qu'il y avait des informations dans ce disque qu'il voulait à tout prix récupérer. Il ne m'a rien dit à propos.
- Pourquoi est-ce qu'il t'a contacté ? Vous vous connaissez ?
- C'est une longue histoire Flore. Je suis désolé. Je ne peux pas te dire plus que ça.
- Je peux peut-être t'aider. Mais si tu ne me dis rien, je ne sais pas ce que je peux faire.
- Si tu peux faire quelque chose fais-le. Je te raconterai tout plus tard. Pour l'instant, il me faut ce disque. »

Patrick n'était vraiment pas au top. Il savait qu'il y avait un enregistrement quelque part qui pouvait changer le cours de sa vie. Il fallait faire quelque chose. Flore repartit.

« Je n'en suis pas convaincu mais je crois que ce disque doit être chez le boss.

- A son domicile ?
- Oui.
- Qu'est-ce qui te fait dire ça ?
- Il a emporté un certain nombre de documents chez lui dernièrement. Je crois que le disque était dans le lot.
- Tu en es sûre ?
- Je n'en suis pas sûre. Mais j'ai déjà vu ce disque une fois. S'il n'est plus au bureau, il doit être chez lui. »

Patrick resta pensif.

« Ne me dis pas que tu vas aller chez lui.

- Justement ! S'il est chez lui c'est que je ne peux rien faire.
- Désolée. Je ne peux faire mieux que ça.
- C'est déjà beaucoup Flore. Merci.
- Il n'y a pas de quoi. »

Patrick et Flore se quittèrent. Il savait maintenant où se trouvait l'objet tant désiré. Mais que pouvait-il faire ? Il appela Albert et le mit au courant de la situation. Albert lui demanda d'appeler Gérard et de lui dire que le disque était chez Alphonse et qu'il ne pouvait plus rien. Patrick se lança aussitôt.

« Vous êtes sûrs qu'il est chez lui ?

- La secrétaire m'a dit qu'il doit y être. Je vous dis exactement ce qu'elle m'a dit. Il a ramené certains documents chez lui ces derniers temps. Elle a confirmé qu'elle a vu un disque dans son bureau une fois. On se dit que s'il n'y est plus c'est qu'il est chez lui.
- D'accord. Je vais me renseigner. Je vous contacte si jamais.
- Je reste à l'écoute.
- Bien. »

Gérard ouvrit aussitôt une enquête sur l'architecte d'Alphonse. Il fallait savoir qui avait fait le plan du duplex et l'obtenir. C'était un élément essentiel pour la suite. Gérard ne tarda pas à se retrouver. L'architecte était un certain MBIDA AYISSI Benoit. Gérard se présenta à son bureau et lui fit savoir qu'il était sur le point d'engager les travaux de construction d'un duplex et qu'il avait besoin d'un expert pour un plan. Benoit le reçu et lui fit savoir qu'il était au bon endroit. Les deux hommes engagèrent les discussions. Il y avait bien sûr au menu la question financière. Gérard paya ce qu'on lui demanda. Benoit démarra l'ordinateur et se mit à présenter à son client tous les plans qu'il avait réalisés jusqu'ici sans oublier au passage de signaler les noms des propriétaires, question de venter ses capacités. Il y en avait une pléthore. Gérard demanda à son hôte de lui passer les plans pour qu'il les étudie de près question de voir celui qui lui conviendrait le mieux. Benoit les lui passa. Gérard le remercia et les deux se séparèrent.

11.

Marcella referma la porte et rejoignit les autres qui attendaient au salon. Elle n'avait pas manqué de s'en prendre amicalement à Rodrigue qui « était venu sans lui faire signe ». Et Rodrigue avait répondu qu'il savait qu'on l'appellerait. La preuve, elle était là. Elle venait ainsi de compléter l'effectif. Ils étaient en tout quatre : Marcella, Rodrigue, Armel et bien sûr, Gérard. Ce dernier les avait convoqués comme d'habitude parce qu'il y avait du boulot. Il n'avait pas besoin de le leur dire. Lorsqu'ils se retrouvaient ainsi chez lui, ils savaient tout de suite que c'était parti pour des semaines voire, des mois d'enquête et d'espionnage.

Gérard n'était et n'avait jamais été, ni un employé de justice, ni un homme en tenue. C'était un citoyen ordinaire qui au cours de sa vie avait acquis une expérience qui lui avait permis de se forger une certaine personnalité. Il avait pris l'initiative de s'impliquer personnellement dans les affaires et les résoudre à sa manière. Il n'était que très peu connu car, en général, il agissait comme on le dit dans un certain jargon, « incognito ». Ses amis, anciens camarades de classe l'appelaient affectueusement l'agent AMIN pour sa passion pour les films policiers, tout ce qui se rapportait à l'enquête et à l'espionnage. Aujourd'hui il vivait de sa passion et c'est avec un énorme plaisir qu'il se saisissait de ce genre d'affaire. Il s'en tirait toujours sain et sauf.

Marcella ramena le couvert à la cuisine et retrouva les autres. La partie repas était terminée et il fallait passer aux choses sérieuses. Les choses étaient d'autant plus sérieuses que l'agent AMIN avait commencé par arrêter le téléviseur. Il tira d'un livre une photo qu'il posa sur la table et que chacun s'empressa d'observer de près.

« NGUINI Alphonse. Né le 18 février 1963 à Ayos. Fils de MBALLA Antoinette et de MBOCK Joseph. Mariée à KEGNE Liliane. Père de trois enfants : Yvan, Luc et Anaëlle. Tous à l'étranger. Sous-directeur au ministère des transports. Homme d'affaires, habite le quartier Emana, immeuble en bleu derrière la chapelle Sainte Anne. Environ 75 kilos pour environ 1,70m. Teint noir, cheveux courts. Actuellement à la prison centrale se trouve un certain Vincent. Il est accusé de meurtre. Il se trouve d'après ce que j'ai comme élément qu'il est innocent et que Alphonse est celui qui manipule l'affaire. Toutes les procédures judiciaires ont échoué. Notre objectif : faire sortir ce garçon de là. Ce que nous avons pour l'instant c'est un disque dur qui se trouve chez lui. Nous devons récupérer cet objet. Il y a à l'intérieur un élément capital pour cette affaire. Voici le plan de l'immeuble : l'entrée, la cuisine, une salle de bain, le séjour, le salon, l'espace repas et le garage au rez-de-chaussée. Quatre chambres, deux salles de bain, un bureau et un balcon à l'étage. Faisons ce qu'il y a à faire pour qu'on entre dans ce bâtiment. »

Sur ce, l'agent AMIN se tût. Il venait d'exposer les faits et il ne manquait plus qu'à se mettre au travail. Les équipes étaient constituées. On n'avait pas besoin de revenir dessus. Marcella travaillait avec Rodrigue. L'agent AMIN évoluait en électron libre. Armel donnait un coup de main çà et là mais avait pour principale mission de décortiquer les enregistrements, d'organiser tout ce qu'il y avait comme données.

12.

La nuit était tombée sur la ville. Les projecteurs avaient pris d'assaut le boulevard du 20 mai. L'immeuble de la mort brillait de mille feux, offrant à la poste centrale un spectacle de lumières indescriptible. Le quartier ministériel était lui aussi de la fête. Partout on avait fermé les portes. Les couches tard regardaient les derniers films de la nuit.

Marcella enfila ses chaussures et ramassa un trousseau de clés. Elle se présenta une nouvelle fois devant le miroir. Elle serra les lèvres l'une contre l'autre pour que le rouge prenne bien, passa les doigts sur les paupières, resta encore quelques secondes à se contempler et grimaça : l'ensemble faisait bon ménage. Rodrigue attendait sur la moto en bas. Marcella le retrouva et les deux étaient partis.

Une moto stationna. Marcella en descendit. Le conducteur tourna aussitôt et s'en alla. Marcelle resta quelques secondes à contempler les lieux avant de se diriger vers une guérite. Il y avait deux hommes à l'intérieur. Marcella voulait un renseignement et les indications que les hommes lui donnaient jusqu'ici ne l'aidaient pas beaucoup. Elle les pria afin que l'un deux l'accompagne. Ils acceptèrent et Armand se leva et ouvrit. Il sortit et fit seulement quelques pas lorsqu'on lui plaça une arme à la tempe.

« Vous faites un seul geste, vous faites le moindre bruit et vous êtes mort. Vous avez compris ? »

Armand se contenta de secouer la tête. On demanda à son collègue de faire venir le chien. Ce qu'il fit sans discuter. On lui fit une injection et il se coucha. Après avoir ligoté les vigiles, les hommes entrèrent et retrouvèrent aussitôt Alphonse dans sa chambre. Il était évidemment surpris de recevoir cette visite et ne pouvait que s'en remettre aux exigences de ses visiteurs, armés et cagoulés. Ils lui demandèrent ou était l'argent. Il leur répondit en indiquant un coffre. Ils ouvrirent.

« C'est tout ?

- C'est tout. Il n'y a plus rien, répondit Alphonse en trouvant à peine les mots.
- C'est tout ce que vous avez comme argent ici ?
- Je vous jure que oui. S'il en avait plus je vous le dirais.
- Qu'est-ce qu'il y a dans les tiroirs ?
- Ce sont des documents personnels. »

Ils se mirent à ouvrir les tiroirs. Il n'y avait rien d'important. Il y en avait qui étaient fermés. Alphonse leur en donna les clés. Ils ouvrirent et trouvèrent un disque dur quelque part.

« Il n'y a plus rien. Dit l'un des cambrioleurs.

- S'il n'y a plus rien on fout le camp. S'adressant à Alphonse, tachez d'avoir plus d'argent la prochaine fois sinon nous ne serons pas aussi cléments. Prenez tous les appareils. »

Les cambrioleurs prirent tous les appareils qu'ils trouvèrent sur leur passage : ordinateur portable, téléphones, écrans de télé, home cinéma et bien d'autres parmi lesquels, bien sûr, le fameux disque.

L'équipe arriva et s'empressa de monter. Une fois dans la salle, ils laissèrent de côté tout ce qu'ils avaient emporté et n'accordèrent plus d'attention qu'au disque. Armel se mit au travail. Il fallait trouver cette vidéo. Il lança un logiciel de recherche qui se mit alors à parcourir le disque de fond en comble, faisant ressortir au passage toutes les images qui s'y trouvaient. Le disque appartenait bien à Justin. Il y avait des images de lui, de sa fille et bien d'autres. Armel et les autres se mirent à parcourir les vidéos. Ils y allèrent les unes après les autres et lorsqu'ils les eurent toutes parcouru, ils se regardèrent sans rien dire : la vidéo recherchée n'y était pas. Il lança la recherche une nouvelle fois et n'obtint toujours rien.

« Tu es sûr que c'est tout ce qu'on peut avoir ? Demanda l'agent AMIN.

- Oui c'est tout. Il n'y a plus rien. Nous avons le meilleur logiciel de scan. Il a affiché tout ce qu'il y a.
- Le disque n'est pas protégé ?
- J'ai déjà vérifié. Il n'y a rien. »

L'agent AMIN resta calme un instant. Il se retourna par la suite et se passa les mains sur le visage. La désillusion était au rendez-vous. Personne n'osait rien dire. Ils croyaient avoir mis la main sur l'objet mais non. La mission avait réussi mais le résultat n'était pas au rendez-vous. Qu'est-ce que ceci voulait dire ? Que fallait-il faire maintenant ? Tous se le demandaient.

La nuit continua de régner, bientôt succédée par la lumière du jour qui se levait.

Un jour nouveau était arrivé, avec ses peines et ses joies. La presse, fidèle à ses engagements, relayait les dernières informations. Parmi elles, le vol spectaculaire qui s'est déroulé au cours de la nuit chez un certain NGUINI Alphonse. La police avait pris l'affaire en mains avec la promesse de mettre la main sur les malfrats. Elle n'était pas prête à lâcher d'autant plus que NGUINI et ses amis hauts gradés pilotaient de près.

Les malfrats n'étaient pas bien loin. Ils étaient dans un bâtiment, là, quelque part. L'agent AMIN et ses amis n'avaient rien à foutre de la police et des commentaires. Règlement de compte ? Vol ? Chacun y allait à sa guise.

L'agent AMIN et ses hommes avaient réfléchi toute la nuit. Ils s'étaient souvenus qu'ils avaient empoté un ordinateur portable de chez NGUINI. Ils avaient pris l'initiative de le passer au scanner. Une partie du disque dur était protégé. Armel installa un logiciel de décryptage et y accéda. Il se servit à nouveau de son logiciel de recherche qui fit ressortir tout ce qui se cachait. Il retrouva des images et des documents qui ne menaient nulle part. Les photos d'une petite fille attirèrent cependant l'attention des enquêteurs. Il y en avait plusieurs d'elle en compagnie très souvent d'Alphonse et d'une dame. Qui étaient ces deux personnes ? Il fallait le savoir. La fillette était dans quelques photos vêtue en tenue de classe. L'agent AMIN et ses hommes entreprirent donc de faire le tour de la ville et de retrouver tous les établissements dont les élèves étaient ainsi habillés. Ils en trouvèrent deux et s'y postèrent aussitôt.

Une sonnerie retentit. C'était celle de l'école, qui annonçait ainsi la fin de la journée. Il était temps pour tout le monde de retrouver la maison. Rodrigue se leva et avança. Il avait maintenant une vue plus intéressante sur l'entrée de l'établissement. Les élèves quittaient l'école, tout joyeux. Les parents s'étaient déplacés pour les plus petits qui, les voyant, humaient l'odeur des morceaux de poulet qui attendaient patiemment dans un mélange de tomate et d'épices à la maison. Rodrigue ne tarda pas à repérer la cible. La fillette sortit et courut vers un véhicule qui attendait, pas loin. Une portière s'ouvrit et elle monta. Quelques secondes plus tard, ils étaient partis. Rodrigue appela aussitôt l'agent AMIN :

« Oui.

- J'ai la fille.
- Ok. Je te retrouve.

- Elle est dans une voiture. Je suis à leur trousse. Je t'appelle plus tard.
- Bien reçu. »

Rodrigue raccrocha et n'accorda plus d'attention qu'à la voiture blanche devant. Ils roulèrent une bonne vingtaine de minutes avant de prendre une route secondaire. Quelques minutes après, le klaxon retentit et le véhicule stationna. Un portail s'ouvrit, ils entrèrent et une femme referma derrière eux. Rodrigue relança de suite l'agent AMIN et ils se retrouvèrent à la base. Il les mit aussitôt au courant de tout ce qu'il avait vu. Un plan de déploiement fut tout de suite adopté.

13.

Deux semaines s'étaient écoulées depuis que les enquêteurs avaient investi ce domicile qu'ils tenaient à sortir de l'ombre. Aujourd'hui, même s'ils n'avaient encore rien de précis, ils savaient au moins qui vivait et qui faisait quoi sous ce toit. Il y avait la patronne des lieux, une certaine mama Joëlle comme on l'appelait affectueusement, de son vrai nom NSOME Joëlle, la petite Jasmine et enfin, Mimi la ménagère. Les enquêteurs apprendront également que très souvent une voiture à la couleur noire et aux vitres fumées arrive ici. Personne ne savait qui était à bord mais de toute évidence, il s'agissait sans doute de l'amoureux de la patronne des lieux. L'agent AMIN et ses hommes avaient investi les lieux et n'entendaient pas partir d'ici sans avoir de précisions sur le propriétaire de l'homme à la voiture noire et aux vitres fumées.

Quelques jours passèrent encore et la fameuse voiture arriva. Elle correspondait exactement à ce que les renseignements avaient décrit. Le portail s'ouvrit, la voiture entra. Environ deux heures plus tard, le portail s'ouvrit à nouveau et le véhicule quittait les lieux. Rodrigue se mit à ses trousses. Ils roulèrent une bonne vingtaine de minutes lorsque le véhicule rentra dans le parking d'un hôtel et se gara. Les lumières s'éteignirent et un calme de cimetière s'installa.

Recto-verso

Rodrigue était prêt à attendre toute la nuit. Il était sorti pour cela. Une demi-dizaine de minutes passa et les portières s'ouvrirent enfin. Deux hommes se montrèrent. Rodrigue n'eut aucun mal à les identifier. Il s'agissait de NGUINI Alphonse et de Patrick, son chauffeur.

14.

L'agent AMIN et ses hommes avaient pensé que l'homme à la voiture noire et aux vitres fumées ne pouvait être que NGUINI Alphonse. Sinon, qu'est-ce que les photos de cette fillette et de cette dame cherchaient dans son ordinateur et de surcroît, dans un répertoire crypté. Et puis, étant donné son statut social, il était tout indiqué pour être le propriétaire de la voiture qu'on leur avait décrite. Ils n'avaient pas voulu verser dans la précipitation et, ce dont ils avaient eu confirmation ce soir, venait lever toute équivoque sur ce qu'ils avaient pensé.

NGUINI Alphonse entretenait une relation en secret avec une certaine Joëlle NSOME. Il avait dans sa machine des images qu'il avait pris la peine de protéger pour qu'on (certainement son épouse) n'y accède pas. Son épouse, qui ne maîtrisait pas les rouages des nouvelles technologies ne pouvait donc pas prendre connaissance de ces informations qui allaient certainement l'amener à se remuer les méninges. Il était donc évident que NGUINI Alphonse était engagé dans les liens d'un mariage qui ne lui permettait pas de se livrer à de telles manœuvres. Sinon, qu'est-ce qui pouvait bien expliquer ces agissements ? Les enquêteurs voulurent en avoir le cœur net. Ils n'eurent pas besoin d'aller bien loin.

L'agent AMIN avait rendu visite à Patrick le lendemain. Les deux hommes se connaissaient bien, bien que Patrick fût surpris de revoir ce visage. Il avait fait ce qu'on lui avait demandé et se disait à présent qu'il n'avait plus rien à voir dans cette affaire. Patrick avait pris le parti de se taire. Il attendait à présent que le visiteur lui dise ce pourquoi il était là. L'agent AMIN n'y alla pas par quatre chemins. Il lui dit tout ce qu'il avait vu et entendu.

« Je me doutais que c'est vous qui avez frappé l'autre jour.

- Il ne nous manquait plus que cela.
- Qu'est-ce que vous attendez de moi ? »

L'agent AMIN se réjouît de cette question. Patrick avait frappé là où il fallait et son visiteur ne demandait rien de plus. L'agent se redressa :

« Nous attendons de vous que vous preniez une part entière à cette enquête.

- C'est-à-dire.
- Vous êtes plus proche de notre homme. Nous vous demandons d'être nos yeux et nos oreilles auprès de lui.
- Je ne suis pas très fier de ce que j'ai déjà fait. Je ne sais pas si je pourrai faire ce que vous me demandez.
- Nous sommes prêts à vous donner ce que voulez.
- Vous me demandez de trahir une personne avec qui je partage mon quotidien depuis des années.

\- Vous l'avez déjà trahi. Et c'est pour la bonne cause que vous faites cela. Mettez-vous à la place de ce garçon. Comment vous sentiriez-vous ? Nous ne vous demandons pas d'exposer la vie privée de votre patron. Nous vous demandons de nous aider à résoudre un problème. »

Patrick n'avait pas l'intention de s'investir dans une telle entreprise. Il était déjà assez mouillé et ne voulait pas plonger davantage. Il pensa cependant qu'il n'avait pas de choix. L'agent AMIN n'avait pas l'intention d'abandonner et refuser de se joindre aux autres ne faisait pas les affaires de Patrick car, au fond, pensa-t-il, il y avait un enregistrement quelque part qui ne militerait pas en sa faveur si jamais, même si l'agent AMIN n'était pas venu avec l'intention de mettre ce document en avant. Quoi qu'il en soit, il obtint ce qu'il voulait. Patrick s'était rétracté et sur le coup avait fourni un certain nombre d'informations dont les enquêteurs pouvaient maintenant se servir.

Comme l'agent AMIN et ses hommes l'avaient pensé, monsieur NGUINI était engagé dans les liens d'un mariage monogame. Ses attentions à l'égard de mama Joëlle n'étaient donc pas autorisées. La situation était d'autant plus embarrassante que la petite Jasmine était là, preuve de l'existence de cette relation et de sa durée. On comprend aisément pourquoi Alphonse tenait secrètes ces images auxquelles son épouse n'aurait jamais accédé. Tout était clair à présent.

Les enquêteurs pensèrent que les éléments dont ils étaient en possession ne pouvaient pas leur permettre de coincer leur homme. Il leur fallait des pièces plus lourdes étant donné la situation. L'agent AMIN n'hésita pas à appeler son amie Nicaise. Il lui communiqua deux numéros de téléphone qu'il fallait mettre sur écoute. Elle lui fit comprendre qu'elle avait quelques soucis à son service et qu'il était difficile pour elle de l'aider.

« Tu ne peux pas confier ça à un collègue ? Tu sais bien que je ne t'appellerais pas si ce n'était pas urgent. »

Elle lui promit qu'elle verra ce qu'elle fera. Nicaise confia les numéros à Armand, un de ses collègues. Armand s'apprêtait à intégrer les numéros dans le serveur lorsque l'un des deux attira son attention. Il connaissait très bien ce numéro. C'était celui de tonton Alphonse. Nicaise le connaissait-elle ? Il ne le pensait pas. Comment avait-elle eu ce numéro et pourquoi est-ce qu'elle voulait le mettre sur écoute ? Il appela sans tarder tonton Alphonse et lui demanda s'il connaissait une certaine Nicaise BOULI. Il n'en avait jamais entendu parler. Armand se rapprocha de Nicaise qui ne parvint pas à le convaincre et la situation qu'elle vivait au service ces derniers temps n'arrangea pas les choses. Armand rapporta tout à son oncle et Nicaise fut interpellée. On l'accusa d'atteinte à la vie privée et de complicité de vol. Elle avait pu prouver que la nuit du cambriolage chez

Alphonse elle était occupée à autre chose. On lui demanda qui étaient ses complices. Elle sera les lèvres pendant bien de jours et fini par céder. L'agent AMIN et ses hommes avaient eu vent de ce qui se passait et avaient pris des dispositions. De tous les numéros que Nicaise avait communiqués à ses bourreaux, aucun n'était plus en service. Elle se retrouva seule au monde. On la fit passer devant un juge et elle fut condamnée.

Téléphones et puces, l'agent AMIN et ses hommes avaient tout changé. On les avait démasqués et il ne leur manquait plus que cela à faire. Ils avaient également perdu Nicaise. Elle leur était d'un apport considérable et aujourd'hui, elle se retrouvait derrière les barreaux. C'était un problème de plus à régler et il fallait le régler. « On doit la sortir de là », avait dit Gérard. Cette situation enflamma les enquêteurs qui se jurèrent dès lors de « régler son problème à cet homme ».

Des semaines étaient passées que NGUINI n'avait plus remis les pieds chez sa maîtresse. L'agent AMIN et ses hommes étaient restés là et attendaient une visite d'Alphonse pour envisager quelque chose. NGUINI ne vint jamais.

Rodrigue avait pris contact avec Mimi depuis le jour où il avait posé les pieds dans ce quartier. Elle était la ménagère de la maîtresse d'Alphonse et il n'était pas question de l'ignorer. Il était allé vers elle et lui avait dit tous les mots que les femmes aiment bien entendre. Au bout de quelques jours, elle lui accorda enfin un rendez-vous. Aujourd'hui, les deux filaient le parfait amour. Si Mimi était convaincue d'avoir trouvé l'homme de sa vie, Rodrigue lui, n'avait pour seul objectif que d'intégrer cette maison et d'en saisir le contenu. Mimi était par conséquent devenue sans le savoir une source d'informations on ne peut plus précieuse. Rodrigue l'avait interrogé au sujet d'Alphonse, en l'occurrence pourquoi est-ce qu'il ne leur rendait plus visite. Elle lui avait dit qu'elle n'en savait rien. Elle avait elle aussi, constatant cette absence, posé quelques questions à sa patronne. Elle s'était contentée de lui dire qu'il était très occupé ces derniers temps. Tellement occupé qu'il n'avait pas rendu visite à sa bien-aimée depuis des semaines ? L'agent AMIN et ses hommes ne le pensaient pas. Ils étaient convaincus que la raison était ailleurs. Il faut dire que depuis que leur homme avait découvert qu'on était allé jusqu'à la direction nationale de la sécurité pour faire écouter son téléphone, il était devenu très prudent.

Rodrigue avait demandé à Mimi s'il pouvait jeter un coup d'œil sur les photos. Elle lui avait répondu favorablement. Rodrigue prit les albums et se mit à les feuilleter. Lorsqu'elle eut terminé d'assaisonner la soupe, elle le rejoignit au salon. Elle s'était installée auprès de lui et tous les deux appréciaient à présents la beauté et la laideur des hommes et des femmes. Il ne manquait pas de lui demander au passage qui était celui-ci et qui était celui-là. Elle lui répondait avec autant de précision qu'il lui en demandait.

« Là je suis avec le directeur de l'hôtel LE PARADIS.

- Hôtel le paradis ?
- Oui. Tu connais ?
- J'en ai déjà entendu parler.
- Vers le carrefour Cintra.
- Oui je vois. Je passe souvent par là. »

Rodrigue n'avait pas seulement entendu ce nom. Il connaissait bien un hôtel de la place du nom de LE PARADIS. Maintenant qu'il était certain que tous les deux parlaient de la même chose, il voulut en savoir plus.

« Mais c'est un grand hôtel !

- Je ne te le fais pas dire.
- Tu connais particulièrement cet homme ?
- C'est un ami de madame. Elle y va très souvent.
- Elle y laisse certainement une fortune.
- Pas vraiment. Alphonse y est actionnaire. Donc elle ne dépense rien.
- Alphonse est en relation avec cet hôtel ?
- C'est un actionnaire de la maison. Il y va quand il veut. C'est sa maison.
- Waouh ! Ce n'est pas un petit homme celui-là !
- Tu parles. »

Mimi était en train de raconter des choses. Rodrigue l'écoutait religieusement. Il était encore avec elle mais son esprit était déjà très loin. Alphonse était donc en relation avec l'hôtel LE PARADIS. Voilà qui venait les sortir de l'impasse. Mimi était retournée contrôlée sa marmite. Rodrigue sortit aussitôt son téléphone et se mit à faire des photos. Elle était revenue avec le couvert et avait servi la table. Les amoureux avaient mangé. L'instant se déroula sans aucun incident. Ils se séparèrent plus tard.

Rodrigue poussa la porte et entra d'un pas rapide. Il avala l'escalier et accéda à l'étage où lui et ses camarades avaient élu domicile depuis quelques semaines maintenant. Il faut dire que depuis l'arrestation de Nicaise tout avait changé. L'équipe avait entre autres déménagé question d'éviter des ennuis si jamais celle-ci venait à parler. Gérard et Armel étaient là. Ils étaient occupés à écouter les enregistrements lorsque Rodrigue entra. Il semblait avoir quelque chose. Son visage ne la cachait pas.

« Du nouveau ? Demanda Gérard.

- Oui.
- Qu'est-ce qu'on a ? »

Rodrigue sortit le téléphone et leur présenta une photo.

« Qui est-ce ?

- Quelqu'un que nous avons ignoré jusqu'ici. Le directeur de l'hôtel LE PARADIS. »

Gérard se mit à fouiller dans sa mémoire lorsque Rodrigue lui rappela qu'il s'agissait de l'hôtel dans lequel on avait retrouvé un corps.

« Hôtel le paradis, oui. Pourquoi est-ce qu'on aurait dû s'intéresser à lui ?

- C'est un ami d'Alphonse.
- Un ami d'Alphonse ? »

Gérard et Armel étaient de plus en plus intrigués. L'information était à la fois réjouissante et étonnante. Ils durent se redresser pour mieux comprendre ce que disait leur ami. Rodrigue leur raconta toute l'histoire.

15.

Le directeur de l'hôtel LE PARADIS était devenu la nouvelle cible. La situation était on ne peut plus claire. Il fallait faire preuve d'une cécité particulière pour ne pas comprendre ce qui se passait : ce monsieur dont on ignorait beaucoup de choses pour l'instant était le directeur d'un hôtel dans lequel Alphonse était actionnaire et qu'il visitait lui-même très souvent. Il était donc raisonnable de penser que les deux hommes avaient agi de connivence pour détruire des images qui pourraient porter un sérieux coup à leur réputation.

Les gars avaient tout compris et avaient décidé de lui rendre visite. Gérard leur avait demandé de patienter.

« Laissez-moi d'abord faire un tour. Je dois à tout prix discuter avec quelqu'un. »

Ce quelqu'un, c'était Armand, le collègue de Nicaise. Celui-là qui avait cru bon de faire enfermer leur amie. Gérard lui en voulait et cet instant était l'occasion pour lui de ne pas le lâcher. Il était allé vers lui et lui avait parlé d'un ton ferme. Dès qu'il fut en sa présence, il lui remit un bout de papier. Il y avait marqué dessus, des numéros de téléphone.

« Dès que vous serez à votre bureau demain, la première chose que vous ferez, ce sera de mettre ce numéro sur écoute et vous transférez les appels vers celui-ci. Si vous ne le faites pas, la prochaine fois que mes hommes et moi mettrons les pieds ici, ce sera pour vous exterminer, vous et votre famille. Et lorsque nous l'aurons fait, nous trouverons quelqu'un pour faire ce travail. Et si nous constatons d'une manière ou d'une autre que ce monsieur est au courant de cette conversation, ce sera à vos risques et périls. Bonne soirée. »

L'agent AMIN se retourna et s'en alla. Il était venu pour un but et ne s'en tint qu'à cela.

Armand n'avait pas réfléchi à deux reprises. Un inconnu qui débarque chez vous et qui vous parle avec une autorité et une précision déconcertante, il y a de quoi ne pas réfléchir. Armand tenait à sa famille et cela abrégea tout. Dès le lendemain, l'agent AMIN recevait les premiers transferts.

Gérard avait expliqué le plan à ses amis. Jusqu'ici tout marchait bien. Il ne restait plus qu'à appeler monsieur TSAGUE Cyrille, le fameux directeur pour obtenir un rendez-vous, avec la conviction qu'il ne manquerait pas d'appeler tout de suite son ami pour lui expliquer ce qui se passe. Marcelle fut chargée de cela.

« Allo !

- Bonjour monsieur.
- Bonjour madame.
- Je suis Viviane ELOUNDOU.
- Oui madame ELOUNDOU. Que puis-je faire pour vous ?

- Excusez-moi de vous déranger monsieur.
- Je vous en prie ;
- Je vous appelle au sujet du meurtre qui a eu lieu dans votre hôtel il y a quelques mois.
- Oui. »

Le monsieur avait répondu, étonné.

« Allo !

- Oui madame. Je vous écoute.
- En fait, nous travaillons sur cette affaire depuis quelques temps et nous avons des éléments dont nous aimerons discuter avec vous.
- Quel genre d'éléments ?
- Ce serait compliqué de tout vous expliquer au téléphone. Ne pouvons-nous pas prendre un rendez-vous ?
- Bien sûr. Demain à neuf heures. Ça vous arrange ?
- Je serai au rendez-vous monsieur.
- Bien. Bonne soirée madame.
- Merci monsieur.
- Je vous en prie. »

La soirée se termina comme à l'ordinaire. Rien de spécial ne se produisit. Les enquêteurs restèrent confus. Ils pensèrent un instant que le téléphone d'Alphonse faisait défaut. Non. Tout allait bien de ce côté. Ils se résolurent donc d'attendre le lendemain, 9 heures.

Alicia raccrocha et, d'un geste de la main, montra le chemin à Marcelle qui s'engagea aussitôt. Elle longea le couloir, prit l'escalier, atterrît au sous-sol, se mit à regarder sur les portes et frappa.

« Oui », lui avait répondu une voix de l'intérieur. Marcella entra.

« Bonjour monsieur.

- Bonjour madame. Asseyez-vous.
- Merci.
- Un instant je vous prie. »

Monsieur TSAGUE rangea la paperasse et se retourna vers son invité.

« Oui madame, je vous écoute. »

Marcella relata les faits. Le directeur l'écoutait, étonné.

« J'étais à la tête de cet hôtel au moment des faits. Et je n'ai jamais eu écho des images dont vous parlez.

- Nous avons la conviction que ces images existent ou alors qu'elles ont existé.
- Qu'est-ce qui vous fait dire cela ?
- Un de vos employés nous l'a dit.
- Vous pouvez être plus précis ?
- Un certain Justin des services de sécurité était au courant de cela. Comme vous le savez, il a été assassiné. Justement à cause de ces images. »

Le détail que Marcella venait d'évoquer en disait long. Cyrille comprit qu'il était en face d'une personne qui maîtrisait son sujet. Pendant un bon bout de temps, il sentit ses pieds quittés le sol. Ce qu'il entendait était tout simplement incroyable.

« Bien madame. J'ai pris notes de vos propos. Je vais en discuter avec les services de sécurité et je vous dirais s'il y a du nouveau.

- D'accord.
- Une dernière chose.
- Oui monsieur.
- Pourquoi vous intéressez-vous à cette affaire ?
- Pour la manifestation de la vérité. »

Sur ce, Cyrille et son hôte se quittèrent. Il ne perdit pas une seule seconde. Il passa un coup de fil et quelques minutes seulement après, le responsable des services de sécurité était dans son bureau. Il lui fit part de tout ce qu'il venait d'entendre. Stéphane lui dit qu'il n'en savait rien et qu'il allait se renseigner à propos.

Gérard et son état-major restaient patients. Marcella les avait contactés dès qu'elle eut quitté le bureau du directeur. Aucun coup de fil n'était arrivé jusqu'ici et ça devenait embêtant. Ils étaient occupés à s'observer lorsqu'Alphonse décrocha.

« Oui Stéphane.

- Je crois que nous avons un problème.
- Un problème ?
- Oui. Je sors du bureau du directeur à l'instant. Il venait de recevoir une dame qui disait avoir des informations sur la vidéo du meurtre ?

- Quel meurtre ?
- Celui de l'hôtel.
- Je ne comprends pas.
- Quelqu'un est au courant de ces images. »

L'agent AMIN et ses hommes écoutaient et se demandaient qui pouvait bien être cet interlocuteur. Il avait dit « Je sors du bureau du directeur à l'instant ». Ce n'était donc pas le directeur. Qui alors ? Ils se le demandaient.

La discussion suivait son cours.

« On doit savoir qui est cette dame et ce qu'elle sait exactement.

- C'est un impératif monsieur.
- Tachez d'obtenir plus d'informations.
- Oui monsieur. »

Marcella avala la dernière marche et atteint la plate-forme. Gérard l'avait eu au téléphone et elle lui avait dit qu'elle n'était plus loin. Elle leur demanda tout de suite ce qui se passait. Ils lui firent entendre la conversation qu'ils avaient enregistrée. On y reconnaissait Alphonse mais pas son interlocuteur.

« C'est le responsable des services de sécurité. », leur avait-elle dit. « Le directeur m'a dit qu'il allait en parler au responsable des services de sécurité. Je suis certaine que c'est lui. »

Le directeur n'avait donc rien à voir dans cette affaire. Etant données les circonstances, il était normal de penser que le responsable en question avait eu connaissance des images et qu'il les avait cachées ou détruites pour faire plaisir à celui qu'il était évident d'appeler son ami.

« On doit aller lui parler, avait dit Gérard.

- Il doit être à l'hôtel actuellement.
- On sait à quoi il ressemble ?
- Non.
- Il n'y a rien sur la page Facebook de l'hôtel ?
- J'ai une image avec quatre hommes en tenue.
- J'ai vu ceux-là tout à l'heure. Ils sont à l'entrée.
- Ok. Rodrigue et moi on va à l'hôtel. On va voir ce qu'on peut y trouver.
- D'accord. »

Gérard et Rodrigue quittèrent la salle, direction HÔTEL LE PARADIS.

A l'hôtel justement, le téléphone de l'agent de sécurité retentissait. Alphonse voulait avoir les dernières informations. Cela n'échappa pas à la vigilance d'Armel et de Marcella.

« Oui monsieur.

- Vous avez du nouveau ?
- J'ai pu avoir la dame à travers les caméras de surveillance. Je ne sais pas encore qui elle est. Je me renseigne dessus.
- Bien. Surtout faites vite.
- Peut-être devriez-vous appeler le directeur pour nous faciliter la tâche.

- Je ne peux pas le faire parce que si je le fais il va se poser des questions et certainement accorder du crédit aux propos de cette dame. Faites tout ce que vous pouvez pour nous obtenir du nouveau.
- Oui monsieur. Si je puis me permettre.
- Je vous écoute.
- Je crois que vous devriez faire attention.
- Vous pouvez être plus clair ?
- Quelqu'un est en train d'assembler le puzzle. Il y a quelques mois vous avez été cambriolé. Quelques temps après, votre numéro se retrouvait à la DNS. Aujourd'hui cette histoire de vidéo revoit le jour. Je crois qu'il est temps plus que jamais de faire attention.
- Je suis d'accord. »

Voilà que la méfiance s'invitait à la fête. De quoi bousculer Gérard et ses hommes. C'est vrai que depuis l'histoire avec la DNS, Alphonse avait fait accroître le niveau de vigilance. Il avait en l'occurrence compris qu'il fallait changer son numéro de téléphone, ce qui n'avait pas échappé à la curiosité des enquêteurs. S'il croyait depuis lors être à l'abri des ennuis, il comprenait aujourd'hui que ce n'était pas suffisant. Et ça, il l'avait vraiment compris.

Gérard et Rodrigue étaient en route pour l'hôtel lorsqu'un téléphone sonna. Gérard rentra la main dans une de ses poches et l'en sortit.

« Oui.

- On a une photo de l'agent.

- Ok. Envoyez-la-moi.
- Tout de suite. »

Marcella s'exécuta sans manquer de faire savoir ce qu'elle venait d'entendre. Gérard répondit que c'était noté et en informa aussitôt son voisin. Rodrigue comprit comme Gérard qu'il fallait mettre la main sur cet homme.

16.

La nuit était tombée sur la ville. Les travailleurs étaient rentrés à la maison. Du moins, ceux du jour. Les noctambules quittaient à présent leurs domiciles. Le jour se levait pour eux. Gérard et ses hommes n'étaient ni de jour ni de nuit. Ils travaillaient à plein temps. Ils avaient bossé toute la journée et à présent, pendant que les uns et les autres se délectaient devant leurs écrans et leurs plats aux parfums multiples venus d'horizons divers et convergents tous vers l'estomac, ils étaient quelque part, non loin de chez l'agent de sécurité. Les enquêteurs avaient en effet identifié leur homme. Ils avaient décidé de rester discrets et donc, de le suivre jusqu'à cet instant où ils savaient désormais où est-ce qu'il logeait. Ils voulaient bien faire un tour pour l'interroger mais ils attendaient le lendemain. Marcella avait en effet reçu un coup de fil du directeur de l'hôtel. Il lui avait fait comprendre qu'il n'avait pas eu plus d'informations sur les images dont elle lui avait parlé. Il lui avait donné rendez-vous le lendemain en précisant que le responsable des services de sécurité sera de la partie car, ils aimeraient bien qu'elle leur dise ce qu'elle savait exactement et ce qu'elle attendait d'eux. Marcella avait répondu qu'elle n'attendait que cela et que cette séance était la bienvenue. Ils s'étaient quittés, amenant ainsi Gérard et Rodrigue à se rétracter.

A présent, ils étaient aux trousses de l'homme, attendant de savoir à qui est-ce qu'il pouvait parler ou alors rendre visite.

Le véhicule vivait au rythme de la dernière sortie de Mr Léo comme l'artiste se faisait appeler. « Je sais que ce n'est pas facile mais on va gérer », disait-il dans un jargon que les camerounais affectionnent bien. Rodrigue se délectait à écouter la chanson qui ne laissait personne indifférent tant la mélodie était belle et le texte d'une richesse émouvante. Rodrigue secouait la tête en frappant le volant des doigts. Gérard qui n'était très expressif n'était visiblement pas loin de la fête. Mr Leo faisait son show lorsque la porte de l'agent de sécurité s'ouvrit. Il sortit, ferma et se dirigea vers la voiture. Gérard et Rodrigue n'avaient pas manqué la scène. Il entra, démarra et quitta le parking. Les enquêteurs l'avaient laissé s'éloigner avant de démarrer, eux aussi. L'agent roulait sereinement. Les enquêteurs n'étaient pas loin. L'agent ralentit et clignota. Le véhicule tourna vers l'arrière d'un bâtiment, avança et se gara. Les phares s'éteignirent et le conducteur sortit. Il avança et prit l'escalier. Gérard était sorti et l'avait suivi. L'homme avait ouvert une porte et était entré. Gérard resta à l'écart et jetait un coup d'œil dans la salle. Il était dans un cabaret plutôt bien aménagé. L'orchestre jouait pour un public particulier. N'entrait pas ici apparemment qui voulait mais qui pouvait. Les sièges étaient d'un confort singulier. Les tableaux sur les murs sentaient de l'or brut. L'agent semblait connaître les lieux. Il n'était d'ailleurs pas sorti. Qu'est-ce qu'il venait chercher ici à cette heure ? Gérard se le demandait. L'interrogation fut de courte durée. Une explosion se fit entendre. La panique s'installa. Les clients quittaient la salle en toute vitesse. L'explosion s'était déroulée exactement à l'endroit où Gérard avait vu l'homme entrer. L'incident fut signalé et les forces de maintien de l'ordre arrivaient sur les lieux quelques minutes après. Ils passèrent la zone au peigne fin et le verdict tombait plus tard : un mort et des pertes en biens matériels. Que s'était-il passé ? Les uns et les autres se le demandaient. Gérard et son ami quittèrent les lieux.

17.

Gérard et Rodrigue prirent tout de suite la route et se rendirent chez Albert. Vous vous souvenez de cet homme ! Celui-là même qui avait éliminé Justin sur instruction d'Alphonse. Si au cabaret les uns et les autres se posaient des questions, les enquêteurs eux, étaient convaincus que c'est Albert qui avait fait le travail. Ils en étaient d'autant plus convaincus que, jusqu'ici, tout laissait penser que seuls Alphonse et la victime étaient au courant des images qui faisaient problème. Il était donc normal de penser qu'Alphonse avait voulu contrecarrer la divulgation des preuves si jamais.

Gérard et Alphonse n'étaient par conséquent pas prêts de lâcher. Ils savaient et cela brûlait au plus profond d'eux qu'Albert était pour quelque chose dans cette explosion.

Gérard défonça la porte et entra. Jacob et Ange prirent peur et restèrent assis sur instruction des visiteurs. Rodrigue resta au salon pendant que Gérard jetait un coup d'œil dans les autres coins de la maison. Il revint quelques secondes après et présenta une photo à leurs hôtes. Il leur demanda où le monsieur sur la photo était et ils lui répondirent qu'ils n'en savaient rien. Ils avaient aménagé depuis environ un mois seulement et ne connaissaient personne dans le quartier. Ils n'avaient jamais vu cet homme et ne pouvaient vraiment rien leur dire. Ange les pria de leur croire et de demander aux voisins. Gérard regarda partout dans la pièce et pensa qu'ils avaient raison. L'endroit sentait le neuf et la dernière fois qu'il y avait mis les pieds, c'était beaucoup moins intéressant. Gérard se rapprocha des voisins qui lui firent comprendre que les affirmations étaient exactes et que ce monsieur était parti depuis un bon bout. Personne ne savait rien de l'endroit où il se trouvait. Gérard avait essayé de l'avoir au téléphone à plusieurs reprises. Une voix lui rappelait toutes les fois à l'autre bout que l'utilisateur n'était pas disponible.

18.

Le jour s'était levé sur un air d'explosion. Le fait était à la une des journaux parlés matinaux que chacun avait concoctés sur l'affaire. Une chose était certaine, de leur vie, personne n'avait vécu ce genre de chose de si près. Tout le monde était venu voir. Un trou dans un mûr, des objets partis en fumée, du noir partout. La police avait installé une barrière de sécurité et procédait actuellement aux derniers réglages.

L'agent AMIN avait convoqué ses hommes à l'immédiat. Ils n'avaient pas réfléchi de midi à quatorze heures pour comprendre ce qui se passait. Alphonse et l'agent de sécurité étaient les seuls au courant des images. En éliminant l'agent, il annulait toutes les chances pour ceux qui étaient à ses trousses actuellement de l'atteindre. Et comment avait-il procédé sans attirer l'attention des enquêteurs alors que son téléphone était sur écoute ? Il avait certainement utilisé d'autres voies. C'était d'autant plus certain qu'étant donnée la situation, Alphonse devait appeler son homme très souvent pour avoir les dernières informations. Il ne l'avait pas fait depuis la journée : il était devenu méfiant.

Aucune écoute n'était plus possible. L'agent de sécurité n'était plus là. Les enquêteurs n'avaient plus aucune piste. Que fallait-il faire à présent ?

Une seule chose : rassembler tous les éléments qu'ils avaient en leur possession et rendre visite à Alphonse : il avait discuté avec un monsieur en journée à propos d'un meurtre dont seuls les deux semblaient savoir quelque chose et le soir même ce monsieur perdait la vie dans une explosion. Il était l'auteur de la mort de Justin sans oublier ses actes d'infidélité. C'était très simple : où il leur disait ce qu'ils voulaient savoir où ils l'exposaient. Ce que, pensaient-ils, il n'allait pas accepter, au risque de voir sa personnalité traînée dans la boue et ses activités s'écrouler comme un château de cartes.

Armand se mit tout de suite au travail : photos, vidéos, enregistrements sonores, il amassait tout ce qu'il trouvait sur son passage.

19.

Gérard entra et demanda à ses amis où est-ce qu'ils en étaient. Armand lui présenta un disque qui d'après sa sérénité devait contenir tout ce dont ils avaient besoin. Gérard lui demanda de le mettre en stand-by et leur informa qu'ils allaient être sur un grand coup et qu'il était impératif que tous lui accordent désormais toute attention.

Gérard avait eu le chauffeur au téléphone. Il lui avait filé une information que Gérard n'avait pas l'intention de passer sous silence. Gérard lui avait demandé si c'était sûr. Patrick lui avait répondu par l'affirmative : « sûr et certain », avait-il précisément dit.

Alphonse projetait de recevoir sa concubine à son domicile dans deux jours. Patrick avait fait comprendre à Gérard que lorsque l'occasion se présentait, son patron n'hésitait pas à faire venir sa concubine à la maison. Gérard lui avait donné comme instruction de lui passer toute information dans ce sens si jamais. Aujourd'hui l'information tombait. Madame était en déplacement et c'était le moment indiqué pour ce genre de rencontre d'autant que cela faisait bien longtemps que les deux n'avaient pas passé de bons moments ensemble.

« Je ne comprends pas. Où est-ce que tu veux en venir ? Avait répondu Marcella.

- Ça veut dire qu'on va filmer Alphonse en flagrant délit d'adultère, répondit Rodrigue.
- On va entrer chez lui ?
- Bien sûr ? Sinon ? »

Marcella prenait ses interlocuteurs pour des malades et cela se comprenait. Ils étaient entrés dans cette maison il y a quelque temps seulement et ils comptaient y retourner ? C'était incompréhensible. Alphons avait fait accroître le niveau de sécurité. Il avait en outre fait remplacer les vigiles, des garçons qu'il récupérait çà et là par des agents de sécurité digne de ce nom. Avec tout ce qui se passait autour de lui ces derniers temps, comment penser que son manque d'attention allait permettre à qui que ce soit d'aller jusqu'à chez lui chercher des images ?

« Nous irons chez Alphonse, avait répondu Gérard d'un ton ferme. Nous devons tous travailler dessus. »

Ingrid avait pleuré toutes les larmes de son corps. Elle avait pleuré autant qu'elle avait pu. Elle avait supplié. Elle avait tout dit mais elle n'avait pas pu convaincre Gérard de lui restituer son fils. Actuellement, elle s'était remise de la situation et écoutait attentivement.

Ingrid était la dame de ménage d'Alphonse. Gérard et ses hommes lui avaient pris son fils à la sortie des classes. Ils essayaient d'obtenir d'elle de les aider à accéder à la villa. Elle n'avait rien à voir disait-elle dans leur affaire et ne voulait pas y être mêlée. Elle ne demandait qu'une chose, qu'on lui remette son fils. Gérard lui avait clairement dit qu'elle avait intérêt à faire ce qu'on lui demande sinon elle ne reverrait plus jamais son trésor. Ingrid avait fini par s'en remettre à la situation.

« C'est quoi le plan ? Lui avait-elle demandé.

- On vous le communiquera. »
-

20.

Ingrid sortit et dit aux agents de sécurité qu'elle avait oublié son téléphone à la maison. Elle leur demanda si quelqu'un pouvait avoir de quoi appeler pour qu'on le lui apporte. Un des agents lui passa son téléphone. Elle composa les chiffres et lança. Lorsqu'elle eut terminé, elle le remercia et les quitta. Des minutes plus tard, une moto se gara. Edwige en descendit et paya. Le conducteur s'éloigna pendant qu'elle se dirigeait vers le portail. Elle expliqua aux hommes qui s'y trouvaient ce pourquoi elle était là. Ils firent venir aussitôt Ingrid. Edwige lui passa le téléphone. Elle la remercia. Elles étaient sur le point de se quitter lorsqu'Edwige demanda un verre d'eau. Ingrid lui répondit qu'il y en avait et qu'elle pouvait entrer. Edwige s'apprêtait à entrer lorsqu'un agent lui bloqua le passage. Il rappela que l'accès était interdit aux visiteurs et qu'Ingrid devait aller chercher de l'eau pour sa cousine. Ingrid essaya de les convaincre qu'il s'agissait de sa cousine et non de n'importe qui ! Elle avait juste besoin d'eau et quoi de plus anormal de lui rendre visite à son lieu de service. L'agent resta sur sa position et rappela à Ingrid que sa cousine ne pouvait pas entrer. Ses collègues durent intervenir pour laisser passer la fillette. Les filles entrèrent et une fois un peu plus loin, Ingrid rappela à Edwige qu'elle ne voulait pas d'ennuis. « On m'a dit que vous en avez pour quinze minutes. Faites vite. » Edwige lui avait demandé de ne pas s'inquiéter.

Edwige entra et se mit à placer des caméras dans tout le bâtiment. Montre en main, quinze minutes plus tard, elle avait fini. Elle et Ingrid retrouvèrent l'extérieur et se dirent au revoir, chaleureusement.

Gérard et les autres s'étaient installés dans un bâtiment abandonné pas très loin. Il fallait être proche de chez Alphonse pour recevoir les images en direct sans soucis. Armand avait fait le travail et jusqu'ici, tout se passait bien. Il recevait toutes les caméras que la nouvelle recrue avait placées sous sa supervision.

21.

Le soleil s'était couché. La lune s'apprêtait à prendre le relais. Dans les rues, les voitures se bousculaient, tout le monde était en route pour la maison.

C'était sûr, mama Joëlle n'allait pas rentrer chez elle ce soir. Rodrigue avait passé la journée en compagnie de Mimi et, actuellement, il pouvait dire à ses camarades que c'était parti. Gérard et les autres étaient sur le qui-vive. Mimi allait passer la nuit chez elle en compagnie de la petite Jasmine. Elle avait le choix en de telles circonstances. Passer la nuit chez sa patronne ou amener la fillette chez elle. Elle avait du boulot et avait décidé de ramener Jasmine. Rodrigue leur tenait compagnie. Il était occupé à discuter avec son amoureuse lorsqu'un vacarme à la cuisine attira leur attention. Jasmine avait poussé un cri qui avait attiré l'attention des voisins. Mimi et Rodrigue coururent aussitôt vers elle. Elle s'était fait renverser les marmites dessus. Elle avait essayé d'esquiver mais sa jambe n'avait pas échappé. Rodrigue se pencha. La petite avait le pied cassé. Mimi allait et venait dans tous les sens. Sur le coup, elle ne savait quoi faire. Rodrigue lui dit qu'il fallait amener la petite à l'hôpital. Elle fut d'accord lorsqu'il vint à l'esprit qu'il fallait appeler la mère de la victime. Elle prit le téléphone et se mit à naviguer dans le répertoire. Rodrigue lui demanda ce qu'elle faisait. Elle lui répondit qu'elle voulait appeler la mère de l'enfant. Rodrigue le lui interdit. Elle ne comprit pas son comportement et insista. Rodrigue lui pointa une arme sur la tête et lui demanda de poser le téléphone. Elle fut surprise et le fixa, étonnée. L'homme était sérieux et elle obéit. Elle posa le téléphone et Rodrigue lui demanda de porter l'enfant pour l'hôpital.

A l'autre bout, mama Joëlle avait terminé les courses et était actuellement sur le chemin de la maison avec Alphonse. Gérard les suivait à la loupe. Rodrigue l'avait briffé sur ce qui se passait de l'autre côté. Gérard lui avait demandé de les retenir quelques temps à la maison pour éliminer quelques risques. Marcella et Armand furent eux aussi informés de ce qui se tramait.

Le cortège roula jusqu'à chez Alphonse. Les vigiles ouvrirent, Alphonse entra et le portail se referma. Alphonse roula jusqu'à la porte et se gara. Les amoureux vidèrent la malle et entrèrent. Joëlle connaissait très bien la maison. Elle se dirigea tout de suite vers la cuisine et y déposa les paquets. Armand qui venait de recevoir les premières images annonça : à tous les agents, ici la tour de contrôle. Réception : 5 sur 5.

Dès qu'elle eut déposé les paquets, Joëlle s'empressa de passer un coup de fil. Dans la voiture, en route vers l'hôpital, le téléphone de Mimi sonnait. Rodrigue le sortit de sa poche et observa l'écran. La patronne appelait son employée. Rodrigue passa le téléphone à Mimi en lui demandant de dire à sa patronne que tout allait bien. Il jura que si elle disait un mot de travers, il éclatera la cervelle à la fillette. Mimi s'en tint à ce qu'on lui avait demandé et la suite fut sans incident.

Alphonse et Joëlle avaient regagné la chambre, tous heureux de se retrouver enfin tous les deux. Ils s'étaient jetés dans le lit et se regardaient l'un l'autre comme pour se dire combien cet instant leur avait manqué. Caresses et embrassades avaient suivies, sous le regard vigilant de la tour de contrôle.

Joëlle était descendue à la cuisine et préparait le repas du soir. Elle se permettait tout ce soir. Pour faire plaisir à son amant, elle n'avait pas hésité à se mettre en bikini. Avec, elle faisait actuellement ses allées et venues. Lorsqu'elle eut terminé la cuisine, elle dressa la table et servit le repas. Les amoureux mangèrent avec appétit. Ils regagnèrent la chambre plus tard, passèrent quelques instants dans la baignoire avant de regagner le lit pour la suite des hostilités. Plus tard, Armand annonça avoir reçu ce qu'il fallait et que les agents pouvaient quitter le terrain. Rodrigue se retourna aussitôt vers Mimi : « tu peux appeler ta patronne. Racontes lui ce qui s'est passé et dis-lui que sa fille va mieux. » Mimi ne dit rien, se contentant de se demander à qui est-ce qu'elle avait à faire et pourquoi est-ce que c'est à cet instant qu'il lui demandait d'appeler.

Recto-verso

Rodrigue avait quitté l'hôpital. Tout était accompli.

22.

L'ombre de la nuit avait disparu, donnant naissance à la lumière du jour qui coulait à présent à flots. Le ciel, paré de bleu s'en délectait. D'un pas lent et rassuré, les vagues abordaient le rivage où elles échouaient sur le sable frais. Les oiseaux piaillaient et gazouillaient, joyeusement. Une jeune plante tout sourire, se délecte de la rosée du matin. Le soleil, fier et majestueux, écrase les brumes qui laissent apparaître à l'horizon le contour des collines. Un nouveau jour se lève, l'espoir à ses trousses.

Alphonse avait jeté un coup d'œil sur le siège du véhicule avant d'en ouvrir la portière. Le disque y était comme on le lui avait indiqué. Aucun signe distinctif n'y figurait. Alphonse s'installa et, dans un élan de curiosité, inséra le disque dans le lecteur. Que pouvait-il bien contenir ? Se demandait-il. La réponse ne tarda pas. Joëlle entrait dans une cuisine, y déposait des paquets et passait un coup de fil. Alphonse semblait reconnaître les lieux. Curieux, il se pencha vers l'écran. Si, il reconnaissait les lieux. C'était chez lui, dans la cuisine. Le visage froncé, il continua d'observer. Lui et Joëlle regagnaient la chambre, tous heureux. Ils se jetèrent dans le lit, se caressèrent et s'embrassèrent. Plus tard, dans une tenue de circonstance, Joëlle descendait à la cuisine et préparait le repas du soir. Lorsqu'elle eut terminé, elle dressa la table et servit le repas. Ils mangèrent avec appétit et regagnèrent la chambre. Ils passèrent quelques instants dans la baignoire avant de regagner le lit où la suite se passa.

Alphonse s'était redressé et restait pensif. Il fit tout ce qu'il pouvait pour se dire que ce n'était qu'une farce. Mais il finit par admettre qu'il vivait une réalité. Qu'est-ce que ceci voulait dire ? Qui avait fait cela ? Comment avait-il procédé ? Alphonse ne comprenait rien. Il démarra et se rendit à son domicile. Tous étaient surpris de le voir arriver. Que venait-il faire à la maison à cette heure de la journée ? Alphonse entra sans rien dire. Il se rendit à la cuisine où il scruta les lieux. Il y découvrit un drôle de stylo bien accroché quelque part. Il fit ensuite le tour des lieux et en ressortit tous les corps étrangers. Il les observa les uns après les autres et finit par se demander comment est-ce qu'ils étaient arrivés là. Il pensa à mettre tous ses employés à la porte mais finit par se dire qu'il était plus sage de les garder tant qu'il ne savait pas qui est qui. Sur ce, il mesura les conséquences de telles images sur sa personnalité et ses affaires. Un homme de sa carrure, marié et se livrant à cœur joie avec sa maîtresse dans le lit conjugal. Alphonse se posa les mains sur les hanches et resta pensif. Plus tard, il rendit visite à son ami Anicet et lui raconta ce qui se passait. Anicet avait regardé les images et, surpris, il demanda :

« Ça veut dire quoi ?

- Ça veut dire ce que tu vois.
- Comment est-ce que ...
- Je ne sais pas comment ils ont fait. Voilà les images. Je me suis déjà posé toutes les questions du monde. Je n'ai rien obtenu.
- C'est grave.
- C'est très grave. »

C'était vraiment très grave. Anicet ne savait pas comment dire les choses. C'était très grave.

« Chez toi ? Comment est-ce qu'ils ont fait ?

- Dis-moi plutôt ce que je dois faire.
- Je ne sais pas. Tu veux que je te dise quoi ? »

Que voulait-il vraiment qu'Anicet lui dise ? Lorsqu'on se retrouve dans une situation pareille, ne nous reste-t-il pas que de nous en remettre à l'avenir ? Anicet avait compris cela et lui avait répondu.

« Ils ont promis de te contacter. Il ne reste plus qu'à attendre ! Et préparer beaucoup d'argent aussi. Ils vont certainement en demander. »

Les auteurs des images avaient promis qu'ils appelleraient. « Regardez les images, avaient-ils dit, nous vous appellerons plus tard. » Alphonse avait regardé les images et, comme son ami le lui avait dit, il ne restait plus qu'à attendre le coup de fil.

23.

Gérard entra et s'approcha de la table où Alphonse était assit depuis bientôt une heure. Il le salua et lui demanda s'il pouvait s'asseoir.

« bien sûr », lui avait-il répondu.

Gérard s'assit et se tourna vers l'écran qui attirait l'attention de l'autre. La Syrie et ses bombardements faisaient la une des journaux. La communauté internationale aboyait autant qu'elle pouvait sans pouvoir régler quoi que ce soit. Les civils criaient et invoquaient le tout puissant. Les écoutait-il ? Tout le monde se le demandait. L'élément était terminé et les annonceurs prenaient d'assaut l'écran. Gérard parla.

« le disque que vous avez trouvé sur le siège de votre véhicule, c'est moi qui l'y ai déposé. »

Alphonse lui avait accordé son attention avant qu'il ne termine la phrase. Il attendait cet instant depuis des jours. Il était arrivé et Alphonse sentit une charge lui quitter le corps. Peu importait ce que son interlocuteur allait lui demander. Il était heureux de le voir enfin et prêt à faire tout ce qu'il voulait.

« qu'est-ce que vous voulez ? », avait-il demandé.

Gérard se réjouit de la question et se tourna vers lui.

« Je veux savoir ce qui s'est passé à l'hôtel.

- Ce qui s'est passé à l'hôtel était une histoire entre mon fils et la victime. Ils ont traité affaire et les termes du contrat ne convenaient plus à chacun. Ils se sont disputés et le coup est parti.
- Vous voulez dire que votre fils l'a poignardé.
- C'est cela.
- Il est où votre fils ?
- Il n'est pas au Cameroun.
- Vous l'avez fait partir pour le protéger.
- Qu'aurez-vous fait à ma place ?
- De connivence avec le responsable des services de sécurité vous avez détruit les images pour qu'on n'y accède pas.
- Tout à fait.
- Malheureusement pour vous Justin les avait vues. Il a fallu l'éliminer pour l'empêcher de parler tout comme vous l'avez fait avec votre complice. »

Alphonse se contentait d'écouter.

« Où est Albert ?

- Je ne sais pas.
- Comment ça ?
- Je ne sais pas où il est.
- C'est votre homme de main. Il a fait le boulot pour Justin. Je suppose que c'est lui qui l'a fait pour votre complice.
- Je l'ai appelé mais il n'était pas disponible. Il m'a mis en contact avec un autre.

- Ou est cet autre ?
- Je ne sais pas. J'ai traité avec Albert et l'autre a fait le boulot.
- Qu'est-ce que ça vous fait de savoir que votre fils se porte bien pendant qu'un innocent croupit dans une prison ? »

Alphonse ne répondit pas. Gérard continua.

« Bien. Voici la liste de mes exigences :

1. Vous avez soixante-douze heures pour faire libérer Vincent et Nicaise.

- Je veux bien mais le délai est court. Accordez-moi plus de temps.
- Si les procédures qui les ont menées à cet endroit étaient courtes, celles qui vont les sortir de là seront également courtes. Je vous donne 72 heures.

2. Vous allez faire revenir votre fils au Cameroun. Vous allez prendre contact avec les autorités judiciaires et vous allez leur raconter ce qui s'est passé pour que justice soit faite.
3. Les travaux que nous avons effectués pour parvenir à ce niveau nous ont couté beaucoup d'investissements. Et comme chaque travail mérite son salaire, ce n'est pas moi qui vais vous l'apprendre, nous vous demandons cinquante millions de francs.

- Je veux bien vous donner cet argent mais je ne l'ai pas.
- Appelez vos banquiers : SOUFFO Bernard, NGUESSOU Philippe Gilbert et ATEBA Guy

Hervé. Demandez-leur d'envoyer cinquante millions dans ce compte. »

Gérard avait parlé en lui tendant un bout de papier. Alphonse resta bouche-b.

« Et les images ?

- Un problème avec ?
- Qu'est-ce qui me rassure que je serai à l'abri ?
- Vous faites exactement ce qu'on vous a demandé et tout se passera bien. Pour l'instant il n'y a que deux copies. Celle que vous avez et celle que j'ai. Autre chose ?
- Vous avez une très belle équipe.
- Si vous le dites », avait ajouté Gérard avant de repartir.

« Bonne journée monsieur. »

Il se leva ensuite et s'en alla.

24.

Vincent, Lucie, Laure, Nina, Yves, Paul, Rodrigue, tout le monde était là. La famille était au rendez-vous, les amis aussi. La salle avait fait le plein. Tous étaient heureux de revoir leur frère, leur ami, qui les avait retrouvé depuis quelques jours. Vincent avait en effet retrouvé sa liberté. La joie s'était invitée elle aussi. Ici, un morceau de poulet tentait d'éviter de se faire déchiqueter pendant là, quelques bouchées de whisky circulaient le long de la gorge. En fond sonore, le DJ et ses artistes distillaient de la bonne musique. Les choses allaient bon train. Gérard et les siens avaient pris part à la fête et s'apprêtaient à quitter les lieux lorsque Lucie le retrouva à l'extérieur. Souriante, elle resta un moment sans rien dire avant de s'engager :

« Je reste curieuse de savoir comment vous avez réglé cette affaire.

- Il y a des choses qui doivent rester bien enfouies dans le sol pour le bien de tout le monde. Vous avez eu ce que vous vouliez, contentez-vous de cela.
- Merci pour le mystère.
- Je vous en prie.
- Et une fois de plus merci encore. On n'y croyait plus.
- Il faut toujours y croire.
- Je l'ai appris grâce à vous.

- Bonne journée madame.
- Bonne journée à vous. »

Sur ce, Gérard enfila une paire de lunettes et scruta l'horizon. Il retrouva ensuite les autres qui attendaient dans la voiture et ils quittèrent les lieux.

Photo de couverture :

Internet

www.ingramcontent.com/pod-product-compliance
Lightning Source LLC
LaVergne TN
LVHW010112170826
845678LV00012B/2365